꽃은 피다

황금알 시인선 79

꽃은 피다

초판인쇄일 | 2013년 12월 17일
초판발행일 | 2013년 12월 31일

지은이 | 박윤규
펴낸곳 | 도서출판 황금알
펴낸이 | 金永馥
선정위원 | 마종기 · 유안진 · 이수익 · 문인수
주 간 | 김영탁
편집실장 | 조경숙
표지디자인 | 칼라박스
주 소 | 110-510 서울시 종로구 동숭동 201-14 청기와빌라2차 104호
물류센타(직송 · 반품) | 100-272 서울시 중구 필동2가 124-6 1F
전 화 | 02)2275-9171
팩 스 | 02)2275-9172
이메일 | tibet21@hanmail.net
홈페이지 | http://goldegg21.com
출판등록 | 2003년 03월 26일(제300-2003-230호)

 부산광역시 한국문화예술위원회 Arts Council Korea 부산문화재단 BUSAN CULTURAL FOUNDATION

꽃은 피다

박윤규 시집

황금알

네 번째 시집을 묶으면서

나의 시를 보니

그 검게 탄 속이

다 보인다

살아있다는 것이

참 고맙고 신기하다

대천천변에서, 박윤규

차 례

1부

2부

3부

4부

5부

1부

즐거운 밤

나를 간수하지 못하여 병이 나서
그것을 고치려고 나는 여기에 왔으나
정작 나를 고칠 수 있는 건 시간뿐이다
자고 나면 제법 긴 시간이 지나가고
또 무슨 엉뚱한 생각도 하다 보면
나도 모르게 시간이 훌쩍
사라지는 것이 신기하고 기특하다
그 지나간 시간만큼 몸의 병도
지워져 가는 것을 생각한다
끊어졌던 혈관들이 다시 길을 트고
몸은 새 힘을 일으켜 세울 것이다
완치란 있을 수 없다는 것을 알면서도
마음대로 풀밭을 뛰어다니며
풍경도 보고 먹을 것도 척척 찾아내는
어린 염소와 같이
시간이 자꾸 흘러가 내 몸도 천진할 것을
궁리하는 그런 즐거운 밤이다

봄, 나무에 돌아가

나무가 나무가 나무가 나무가
죽었던 몸에서 보솜하니 움을 틔워내고
작고 빠알간 꽃몽오리를 매다는 걸 보면
기막히고 그 옆을 지나면
무슨 알아듣지 못할 언어들을 내게로 쏟아내는 것이
그때 내 몸에서도 툭툭
열꽃이 피고
뼈에서 새 뼈가지가 불거져나오고
내 깊은 곳에서 욕망이 그윽이 차오르는 것이
물푸레든 진달래든 아카시아든
내가 아무래도 전생에 나무였던 것이니
사람으로 살아온 시간보다
더 긴 시간을 숲에 머물렀음이 분명하니
봄만 되면 몸 여기저기가 막 가렵고
아무에게나 말을 걸고 싶어지다가
숲길을 혼자 걸으면 그 봄이 된 흙속에
두 발을 묻고
시간도 그림자도 함께 정지하였으면 싶은데

이상한 호

한 치도 차마 못 되는 마음의 허공을
이상한 호가 날아다닌다
허공을 날아 저만큼 가다가는 되돌아오고
날개도 없는 것이
무게도 없는 것이
무작정 마음 허공에 반짝이기만 하고
네게 기어이 가닿지 못하고
서러움 하나 제대로 퍼내지 못하고
어디로 훨훨 달아나지 못하고

새벽이 올 때까지
새벽이 올 때까지
그리움만 일으켜 꼬리를 달게 하고

관음觀音

밤에 비를 맞고선 나무에 다가서면
소리가 보인다
가지를 부러뜨리지도 않고 그저 톡톡 두드리는
있는 품을 다 벌리고 그 수작 받아주는
넉넉한 수평과 수직으로 교접하며
희망이며 사랑이며 슬픔이며 불안한 정적이며
세상 물정까지를 보여주는 것인데
그게 사람을 만나고는 못 보던 소리
사람의 눈빛에 가려 소리들은 파장만 남는데
비를 맞으며 나무에 다가서면
순하디순한 천수천안千手千眼, 그 눈에 뚝뚝 떨어지는
눈물을 보는데 하나도 슬프지 않고
밤새도록 나는 그 정하게 섞이거나 품는 소리
내 몸에서도 어떤 소리가 흐르며
나무와 비가 만드는 참 아름다운 음유吟遊를
어두운 눈으로 훑어보는 것이다

라면을 먹으며

돌아앉아 라면을 먹습니다
밖에 비 쏟아지고 천둥 우를우르를 치는 밤
문득 허기가 졌나 봅니다
문득 식욕이 돋아났나 봅니다
세상일과는 아주 무관하게
여백처럼 앉고 싶은 때가 있습니다
등 뒤에서 폭우는 더 거세게 나오고
그것보다 더 큰소리를 내며
돌아앉아 후루룩후룩 라면을 먹습니다
식어가며 몸집 부푸는 욕망이 마음에 들어
국물까지 들이켜니 기어이 눈물 납니다
나를 그립게 두지 않으려고
이 밤, 내 안의 서러운 구석구석마다
뜨거움 휘휘 풀어놓습니다

생각의 나무

키를 낮추어 아래를 내려다보며 숲길을 걸으면
못 보던 아름다운 생각들이 보인다

큰 눈알 굴리며 나무 뒤에 붙어선 저 작고 귀여운 것의
생각
오무락거리며 꾸물대며 기어가는 것들의 생각
거미줄에 맺힌 이슬의 반짝이는 생각
굴러가다 제멋대로 상처난 작은 돌들의 생각
이것들의 세상을 온통 포근히 품어주며
제 머리로 흔들거리는 나무의 생각

나는 참 아름다운 생각들에 둘러싸여
우리 살아가는 경우들도
이랬으면 좋겠다는 생각이 든다

그 줄이 눈부시다

환한 아침, 왕거미가 허공을 타고 내린다
그 줄이 눈부시다
어릴 때 오디를 씹다가 생각난 건데
나도 누에처럼 파란 그물을 줄줄 뽑아내고 싶었다
추운 세상에 따뜻한 옷 한 벌 지어주고 싶었다
시를 쓰는 일도 그런 일일까
골목을 돌아 나오는데
네 그림자가 잠깐 보였다 사라졌다.
네가 떠났고, 그럼 나는 뭐냐? 고개를 드니
건너편 옥상에 빨래들이 파닥이며 희다
그 줄이 눈부시다
담벼락을 둘러 죄다 마른 담쟁이덩굴
봄 되면 초록초록 새잎을 매달리라
그 희망이 눈부시다

이 저녁 신문에 쓸쓸한 기사가 났다
죽으려고 줄을 매다는 것은 사람뿐이다

숲길을 가면

키 큰 상수리나무가 조막손나무에게
말을 건네는 것이 보인다
작은 웅덩이가 큰 웅덩이에게
나뭇잎에 얹힌 벌레 한 마리가
하늘을 날으는 새들에게
손 흔드는 것이 보인다
세상일을 잊고 잠시나마 조용해지려고
숲길을 찾아왔는데
왜 이리 시끌한가
모두가 가만 있지 못하고
바람이 외로된 구름에게
바위는 큰 몸집을 뒤로 앞으로 흔들다가
데굴데굴 구르고
조심성 없이 걷다가 나는
발길을 잡아채는 물소리에 갇혀
둥둥 어딘가로 떠다니고 있었다

영면永眠
— 최민식 선생님을 생각하며

영면이란 말은
오랜 잠을 잔다는 것인데
그곳에 가신단들
오래고 편한 잠을 드실 수 있으실지

두고온 사랑이 너무 많은데
이 세상에 눈물이 아직 차고 넘치는데
그 여린 마음으로
어찌 그걸 다 잊고
돌아누우실 수 있을지

맑은 눈동자의 아이들
햇살 반짝이는 나뭇잎들
무너진 흙벽에 돋아나는 풀 한 포기
젖 물린 저 가난한 것들
어찌 그걸 다 잊고

잠시 지극한 눈으로 바라보던 세상
아직 자라지 못한 희망들이
검은 어둠에 잠겨 있습니다

나뭇잎 사이를 걸어갈 때

나뭇잎 사이를 걸어갈 때
나는 크게 흔들렸다
내 몸에 얹혀진 이승의 법法도
크게 흔들렸다

한 걸음 옮길 때마다
나를 조금씩 떼어내는 일이
즐거웠을 것이다

죽기로 詩 한편

늦은 밤 시를 읽는데
모기 한 마리 날아들어 책장에 앉는다
이것을 어떻게 할까 생각보다 앞서
손이 재빠르게 시집을 접는다
제 잘못의 현장을 다시 찾는 기분으로
접었다가 다시 펴는 그 짧은 사이
한 목숨의 최후에 애도哀悼를 주고
남은 세상을 펴듯 다시 펴는 시집
34쪽, 모기의 몸체가 납작하니 압화로 남았고
35쪽, 붉은 꽃물이 잘 번져 있는데
그 얼룩을 밀고 뚜렷하게 살아나는 활자들
유언처럼,

'여보
 움직이는 비애를 알고 있느냐'*

* 김수영 시집 『달의 행로를 밟을지라도』에서, 「비」의 한 구절

아버지의 강

아버지는 강이었네
내 아픈 밤마다 철렁이는 소리를 끌고 와서는
허기진 아침이면 푸른 물살로 반짝이며 일어서는
노을이 지면 그 노을 다 받아내어 서럽게도 두근대던
아버지는 가난한 강이었네

갈래 갈래의 작은 물길 다 받아주고
너른 품속, 청둥오리 서넛 띄워나 주다가
깊은 어둠 속에서 홀로 뒤척이던 강물
나는 그 강의 먼 발치에서
물냄새 맡으며 서러움 모르고 자랐던 것을

혼돈의 시간들이 많이 지났네
내가 밟고선 땅, 세상은 깊이를 알지 못할 동굴이었고
나는 긴 세월 수초처럼 밀려다니다가
마지막 저항의 기운을 버리고 세상의 깊이로
아득히 가라앉고 있었는데

아, 나를 둥싯 떠오르게 하는 힘!

내 영혼을 철썩이며 반짝이게 하거나
몸속의 푸른 피돌기로 나를 살아있게 하는
오래된 아버지의 강

문득, 숲에서

나를 힘들게 하던 찬란한 희망과 함께
줄기차게 따라붙는
낮은 키의 내 그림자와 함께
젖은 채로 숲길을 걷다
무거운 마음을 옮기는데
오래된 뼈들이 부딪혀 절그럭거린다
자꾸 무슨 소리를 낸다
풀잎 하나가 숲의 습기를 빨아들여
동글동글 제 희망을 열어 보이다가
뚜욱, 눈물 떨군다
왕거미가 길도 없는 허공으로
바쁘게 달아나버린다
여리고도 저 즐거이 꿈꾸는 것들에게
부질없다고 믿었던 나의 희망에게
돌아서서 몹시 미안하였다

가을산

참 무거운 이별을 한다
슬픔은 방향도 없이 옮겨 타는 불이라서
홀로 아프지 않은 건 다행이다
세상 또 가벼운 이별이 어디 있으랴마는
하룻밤에 저리 붉어진 얼굴 좀 보아
속은 있는 대로 타서
강물은 강물대로 검게 흐르고
나무는 묵묵默默으로 고개 숙였다
기어가는 나무벌레조차 숨죽이며
함부로 소리내지 않는다
바람은 산의 어깨를 잠시 다독이고 가지만
참다 참다 그 울음 터지면
온 숲을 들썩이며 울고 가것다

2부

꽃

詩는 꽃이니,

꽃은
피다

한 방울의

화살나무 붉은 잎

환한 창문을 여는데, 낯선 아침
작은 새 한 마리 날아와 화살나무 가지에 앉더니
붉은 열매 따서 입에 물고 훌쩍 떠나다

화살나무 붉은 잎
그 기척에 후두둑 지다

바람은 밤새 수만의 인연을 건너왔을 터이고
화살나무 붉은 잎을 흔들어
그 기억을 품고 다시 산으로 가다

누구에게나 가슴 붉어지도록 버리지 못할
사랑 같은 것 있다

반쯤은 지고 반쯤은 남은 화살나무 붉은 잎을 보면
세상은 홀로 거대한 묘지이면서
가끔은 희망적이다

기억의 고집
— 살바도르 달리를 위하여

나의 집은 질서정연하고 아주 합리적인 세계에 잘 어울리도록
설계되었다 내 기억이 맞다면 안락한 것들은 어제의 일몰과
함께
철거당하였으므로 철거당하였을 것이므로 앞으로 내 속에서
나를 함부로 꺼내보는 일 따위는 하지 않을 작정이다 무모한
발상이다 누가 엄지손가락과 집게손가락을 세워 사각형의
지나간 시간을 천천히 찢고 있다 나는 실눈을 뜨고 사방을
두리번거리기 시작한다 사물들이 배열을 이루어가며 서로의
기능을 탐색하는 것이 보이고 창으로 어제의 햇살이 열심히
내리는
중이다 푸르게 젖은 손바닥들이 창에 와 부딪힌다 갈라진 투
명한
유리의 틈 사이로 한 희망이 빠져나가려다가 그대로 절명하는
아침,

다시, 탁자 위 파도가 몰아치자
입 넓은 유리컵이
달그락거리며 제 욕망을 빠르게 타전하는 것을 본다

아침이 올 때까지

검은 어둠 속에서 막대기 하나가 걸어간다
그것은 옆구리를 개켜둔 이불과 같이
눅눅하지도 않으면서 뚝뚝 관절을 꺾어
전후로 좌우로 허리를 접을 줄 안다
그러다가 허공에 대고 딱딱
제 머리를 부딪쳐 흔들기도 하는 것인데
사각의 창틀에서도 바람이 닿아
그것과 비슷한 소리가 들려왔다
자세히 보면 허공은 하나의 허공이 아닌 것이다
김이 오르는 떡판을 번쩍이는 떡칼로
배분하여 나누는 것처럼
허공은 다수의 칸칸으로 분리되어
누군가의 슬픔이나 분노 아니면 그리움 따위로
색칠되는 것이라서 허공이
허공이었다는 것은 믿을 수 없다
잠이 깊게 들어도 나는 허공이 끓어대는
소리를 듣는다
그르릉거리며 끝내 각혈을 할지도 몰라
나의 어둠 안으로 무거운 침묵을 들썩이며

한 사내가 쪼그려 울고 있다
그의 가랑이 사이로 연한 빛줄기가
불안하게 스며들고 있다

방하착放下着

도시의 전철을 타고 가는데 겨울 밤하늘
별들이 길게 줄지어 따른다
덜컹거리는 속도에 급한 마음으로 앞지르는
별 하나 없으니
기차가 분사하는 불똥이 허공으로 퍼져
별이 된 건가
이 밤에 우리는 지친 허공 하나씩 품어 안고
가야 할 지점을 잃어버렸다
기차가 크게 휘감아돈다 우리는 각자의 허공을 놓칠세라
바쁘게 등뼈를 휘었다
세탁기 수조에 갇힌 빨래처럼 깊은 물살로
휘감아도는 겨울밤의 우울한 기척이여
젖은 것들은 왜 이리 무거운가
몸의 장부臟腑와 생각을 꽁꽁 싸매어
그리고는 이탈하지 못하도록 설원의 나목으로
내몰았던 그 허공
우리를 끌고가는 이 거대한 물체는 속도는
내려야 할 역들은 안중에 두지 않고
다만 우리는 할당되어진 안부에 기꺼워하며
이 끝나지 않을 레일을 떠도는 것이다

바람이 분다

바람은 정해진 실체가 있는 것인데
이렇게 자리를 비우면서 안주하지 못하는 것은
사랑 때문이다 그것이 사랑을 알기 때문이다
창호지 하나 뚫지 못하던 습성이
사랑을 어쩌지 못하여 심하게 흔들리면서
슬픈 제 속을 갉아대는 것이다
키 큰 나무들을 뒤집어 놓거나
지상의 모든 숲들을 일제히 나부끼게 하는
그런 날 부는 바람에는 피냄새가 돈다
나는 그 사연을 잘 알고 있으니
별빛이 숨을 죽이고 새들 까맣게 숨어버린
서러운, 아주 칠흑의 밤에 말이다

창窓으로

텅빈 겨울
텅빈 어둠
텅빈 나무
텅빈 별자리
텅빈 너

텅빈 것이 텅빈 것을 아프게 한다 허공이 허공에게 사랑을 말한다 너의 눈속으로 우울한 내가 걸어간다 나는 기우뚱거리며 너의 중심에 닿지 못한다 너의 눈은 기묘한 형상을 일으키고 또 지운다 재빠르게! 내가 잠시 엉뚱한 상상을 하는 동안 비가 그쳤다 어둠 속 모든 길의 경계는 모호하리라 물 흐르는 소리 그 어디쯤에서 허공을 담은 풍선들이 허공을 날은다 그것들이 각자 쉽게 반짝이며 별자리를 만든다 어두운 하늘에 없던 금들이 생겨나고 있다 낮은 물소리가 들린다 그게 또 금간 것처럼 뚝뚝 끊어지며 제 기억을 헤프게 한다

내 안에 도는 잦은 기침
생각의 군더더기

1%

어판장에 멸치떼가 들어왔다
잡혀온 것들의 파닥임으로 공판장 바닥이
시끌하니 온통 환해지는데
그게 각자의 존재나 생각, 행위는 없고
목상자째로 우왕좌왕 밀려다니는데
그래도 한번 허공으로 튀어오르는 놈
그러다가 바닥에 머리를 찧고 드러눕는다거나
서로 부대끼는 힘으로 가둠을 넘어
언제 도로까지 뛰어나온 놈
이건 무슨 햇살의 축제 같기도 한데

사람들은 검은 호스로 물을 뿌려대고
한쪽에서는 모를듯한 수신호로 저들끼리
허공을 휘젓기 바쁜데
목 높은 검은 물장화를 신은 상인들의 발에
밟힌 것들이 허다한 아직도 은빛이다
1%!
이것들은 지극한 의미나 까닭도 없이
찰나의 햇살을 즐기러 온 것일까

그것들의 죽음을 조금 애도하다가
검은 비닐봉지에 그 목숨 몇 개 사 담아와
저녁 찬으로 끓인 멸치찌개
그것들 건너온 세월만큼 짭조름하다

하루의 춤

아마 수중水中인 게지
목울대를 지나 머리 쪽으로 차오르는 이 비릿함
전혀 새로울 것 없이 그 자리를 두고
너의 춤은 급하게 두어 바퀴를 회전하거나
몸을 활처럼 굽혀 동그란 하늘을 보여주는 것인데
가게 안에는 서로 다른 시간들이 규정해 가는
어둡고 습한 미래가 실타래처럼 뒤엉킨다
산다는 것은 이와 다르지 않을 것이다
TV에서는 어떤 생애가 포획되고 이송되어 가는 장면이
경쾌한 음악과 함께 방영되고 있다
어떤 시간은 규정하는 방법을 잃어버렸을 터이다
나는 누구도 걸어오지 않는 길의 끝을 바라보았는데
그러는 사이 나무는 제 그늘을 거두고
태엽 풀리는 소리들은 도무지 민감하였다
생각은 빠르게 내게서 사라져가는
늦은 오후의 피로한 햇살
희망 또한 모래알처럼 손가락 사이로 흘러내리는 것이
그러나 가장 허허로우나 저 낙담하지 않는
공기 인형, 저를 부풀리면서 바람을 타는

어깨춤사위의 신명을
나의 일상에 퍼즐처럼 구겨넣는 것이다

절망에 대하여

내 절망은 밤마다
흐린 걸음으로 외출을 한다

내 절망에는 무슨 순수한
창문 같은 것이 없다

내 절망의 표정은 한때 근엄하였는데
나는 지금 절망의 고단한 끝에
웅크리고 앉아 있다

흐느적거리며 바람이 분다

한 바람이 나를 툭 건드리고 지나가더니
다른 바람이 내 앞에서
한참을 깔깔거리다 지나간다

너를 생각할 때마다
나는 내 안에 넘치는 절망으로
이렇게 즐거워지는 것이다

절망이 내 안에서 펑펑 연쇄 폭발하는
이 가을 저녁

어떤 슬픔
— Nat-Geo-Wild에서

어미표범 마나나가 새끼를 동굴에 두고
임팔라 사냥에 나서게 되었는데
큰 비단뱀 한 마리가 동굴을 침입하였다
마나나가 돌아왔을 때는 이미
그 비단뱀이 새끼를 삼키고 난 후였다
마나나는 배가 불룩한 비단뱀과 죽기로 싸워
결국 그 새끼를 토해내게 한다
비단뱀이 자신의 새끼를 토해내자
마나나는 그 뱀을 뒤쫓지 않고
죽은 새끼를 물고 조용한 곳으로 갔다
비단뱀에 대한 복수보다는
새끼의 시신이라도 찾았다는 안도安堵였을까
그 뒤로 참 이상한 일이 일어났다
볕 잘 드는 곳을 골라 죽은 새끼를 눕게 하고는
초점 잃은 눈으로 멀거니 바라보며 있다가
어이어이 울면서
그것을 자신의 이빨로 뜯어먹는 것이다
마나나와 죽은 새끼는 눈물과 핏물로 덮여졌는데
제 얼굴을 파먹던 새끼의 몸에 비벼보기도 하면서

끝내 살점 하나 남기지 않고
새끼의 모든 것을 제 안에 담고 있었다
그로부터 표범 마나나의 영역에서는
사나흘을 깊은 정적만이 흘렀다
아마존 정글을 지나가는 바람소리와
가끔 먼 데서 원숭이 무리들 재잭이는가 하였는데
밤만 되면 높은 나뭇가지 위
어이어이 낮고 길게 이어지는 목쉰 울음
조문弔問하듯 풀들은 낮게 엎드리고
야생의 달은 검게 지워져 가고 있었다

부안扶安에서

이만큼 한 살육도 처음 보겠다

고것 참,
짱뚱어 망둥어 복쟁이 숭어 병어 전어 조기 멸치 갈치 실
금장어 쑤기미 갑오징어 개불 바지락 백합 펄돌맛조개 해
방조개 대맛조개 참맛 키조개 갯고동 큰구슬우렁이들의,
민꽃게 주꾸미 풀게 농발게 짱돌게 알락꼬리마도요 민
물도요 칠면초 나문재들의,
아름다운 시간들을 틀어막아 마르게 하고
그것들의 땅 다 빼앗아
거기 길 내고 집 잘 짓고 살겠다고?

기벌포구에서는
팔뚝 굵은 이들이 갯바람에 노래 부르며
바지락 캐는 아낙을 손짓으로 불렀다는데
모항을 지나 곰소에 내리는 햇살은
소금보다 더 희고 고왔다 하는데

도대체 거침없는 오만이 무모한 발상이

어디까지 갈 것인지
정치폭력과 개발독재가 무슨 꿍꿍이로 그려낸
우리나라 21세기의 참 희한한 논법 앞에서
그 발등에 엎드려 어떤 눈물을 흘려야 할까를
고민하는 중이다
어디 흘러갈 곳 없어 떠도는 목숨들을 두고
내 다시는 노래하지 않으리
아주 즐거운 생각과 아주 금빛 나는 희망에 대하여
두런두런 깨알 쏟아지던 그 살맛 나는 고을에 대하여

바다는 땅에게 자유를 말하려고
땅은 바다에게 침묵을 알리려고
물살은 찰랑거리면서 분주히 들고나는 것인데
채석강 칼바위를 스쳐온 날선 갯바람에
나는 가슴을 깊이 베인다
부끄러워서 정말 부끄러워서
바다보다 하늘보다 먼저 낯이 붉어지는
아, 도무지 편안할 수 없는
도울 부扶 편안할 안安 부안에 와서

아포리아aporia

오류의편석片石!
감지하지아니하여야할것을감지하지아니하여야한다고
시간이째깍째깍오른쪽위에서아래로왼쪽아래에서위로
고집固執하여회전한다는것을
의식의경직硬直한절망혹은거대한법도法度의방편따위로
절제의사고思考를나에게전이轉移하였는바
분노하느니일체된사물의허상은실상보다뚜렷한도전적
挑戰的기운으로압도하는것인데
아하모든태양의빛도그러하리라미진未盡한기운이먼곳
에서이제로다시
돌아와크고붉은꽃잎으로피어나는

풀어내지못한의혹을덮어버리지도못하는
나는왜드디어나와나의아버지와나의아버지의아버지와
나의아버지의아버지의아버지노릇을한꺼번에하면서살아
야하는*
것처럼나는물결치듯벗어날수가없다너로부터
나의시詩는태생胎生한적에폐부에침투되어진독소毒素
허기虛氣된식도食道는상처傷處의언어를혼절昏絶하여어슬
렁거리며이밤에

* 이상, 〈오감도〉 제2호 중에서

46

OFF ¿

모자를 눌러쓴 낯선 그림자 하나
검은 우산을 접어든 채 벽에 기대서 있다
어두운 그가 중얼거린다
나는 그 소리의 의미를 알아채지 못하겠으나
젖은 외투와 낡은 모자
무거운 그의 어깨에 집중하였다
그의 벽이 충분히 젖어 흘러내린다
가등街燈의 불빛이 분사되어 쏟아지고
있는데도 그는 우산을 펼 줄을 모른다
뒤엉긴 전선줄들이 파란 불꽃을 내며
물방울을 튀긴다
높은 창문들은 귀를 닫는다
그러는 사이 검은 그가 검은 골목을 돌아
하나의 화면에서 지워졌다
검은 우산도 사라지고
소란하던 풍경이 일제히 침묵한다

그게…… 오늘 일어난 유일한 사건이다

죄罪다

사월에 꽃소식은 종북이라서
깊은 밤
철조망을 건너
북으로 치닫는다

시월에 단풍은 반동이라서
두근대면서
목숨 걸고
소리도 없이 월남한다

태어난 잘못이라서
순리대로 머리 휘날리며
살아온 잘못이라서

이 작은 땅에 사는 어떤 아름다움인들
죄다
종북 아니면 반동이다
종북이면서 반동이다

3 부

노을, 출렁이다

그날, 세상은 온통 출렁이는 물이었다
나는 깊은 물 속에 직립으로 서서
너를 기다리는 중이었다
세상의 길들은 나와 무관한 채로
제멋대로 벋어 있었으며
그 길들 위로 노을이 지고 있었다
나는 노을을 깊게 들이마셨다
그러는 사이 몸은 점점 가벼워졌으며
나의 물속에서도 노을이 거짓말처럼
슬프게 번져나기 시작하였다
나는 가슴이 두근거렸던가
네가 오기 전까지 어떤 출구를 떠올리며
액자로 걸린 노을을 만지고 있었는데
그러나 이 기특한 시간은 짧아
보이지 않는 것이 곧장 이 풍경들을 거두어
어디로 쉽게 흘러가 버릴 것을 생각했다

맨드라미와 만나다

이 여름은 유난히도 더위가 깊다
가진 것 없는 사람에게는
더운 날이 추운 날보다 차라리 낫다고
하는 말을 내내 들었다
에어컨은 극단의 이기적인 물건이어서
아랑곳않고 외부로 더운 김만 빼내자는 것인데
그렇게 해서 여름은 더 혹독하고
나는 그 혹독을 즐길 여력은 가지지 못하고
어느 그늘을 찾아 여윈 개미처럼
헤매고 다녔는데
공터 그늘에 쪼그리고 앉았다가 문득
그 태양빛을 몸으로 받아내고
한번 꺾이지 아니하는
그러기 위해서는 몇 번을 각혈이라도 했을
맨드라미
그 붉은 울대 속으로 꿀꺽꿀꺽
이제는 그 당당함마저 삼켜 버리는데
나는 내 그늘의 경계가 점점 좁아드는
조급함으로 몸을 줄이고

자유를 줄여가면서 그래도
저 위험천만의 사투보다는 좀 낫지 않겠냐고
맨드라미 맨드라미
나는 또 한 보폭을 무른다

금어金魚를 뜨다

세상일에 잠시 흔들리던 화승畵僧 하나가
흐린 날 가을바람 속, 삼세三世를 걸어가다가
마른 떡갈나무에 승복 벗어 걸쳐놓더니
제 가는 발길에 잘 익은 도토리 하나 툭 떨구고는
정처없는 바람으로 떠났다던가

우연한 기회에 지인이 장만해 준
적룡피赤龍皮의 떡갈나무 한 짝 둥치를 켜내었는 바
그 세월을 참아낸 나무의 나이테 결이
금빛샘의 수면에 낮은 굽이로 퍼져가는 물파장 같아서
벼린 칼로 톡톡 찍어내어 금어를 뜨다

아득한 내 적멸에 들어
세상의 고운 빛 맑은 소리를 잃고서야
마음으로 환한 탱화幀畵 한 점 그리나니
눈으로 세상의 소리 바로 보게 되느니

도통 금어는 어디 있는가
그 실상은 아무리 손 뻗어 잡히지를 않는데

마음에 어떤 의혹만 일어나
비늘 비늘 떠낸 모양 없는 떡갈의 조각들마다
흉물한 겹겹 번뇌로만 쌓이다

여기, 와온

팔월 오진 햇빛이 길게 누웠다
숨을 데 없는 낮은 산이
제자리에서 물 위에 그림자를 내리고
나는 그 풍경에서 지워져 있다
조금 전에 아기 손톱만한 게 한 마리
내 발밑을 다녀갔다
그리고는 몇 시간이 지나도록
어떤 기척도 변화도 일어나지 않을 것 같은
여기, 와온
어쩌면 굴곡이라 할 수도 없는 세상길을
나는 비틀대며 걸어온 것은 아닐까

사랑이 떠나가네

나도 그런 때 있었네 울며 지샌 날들이 두룩두룩 쌓여
검은 그림자만 내 앞에 가득
봄이고 여름이고 무슨 의미가 있으랴만
다음 계절을 기다리며 그러면 좀 나을까 싶기도 하여
슬픔 뚝뚝 흘리며 나는 기다렸네

이제 그 두근거리던 슬픔마저 지워지고
허공의 침묵만이 길게 자라
달빛도 나를 잠재우지 못하네
차마 그대를 잊었다고 말하랴

사랑이 떠나가네 나는 그 두려움을 아네
아무도 간 적이 없는 닫힌 빙하의 계곡 쪽으로
슬픈 개 한 마리 걸어 들어가네
걸어 들어가 절로 갇히네

꽃잎이 한없이 떨어졌네 내 몸도 잘게 부서져 내렸네
햇살인 듯 풀잎인 듯 나는 부서져 흩날리는데
오월이 오네 간교한 오월이 오면

내가 함께할 수 없는 문양

— 타지마할에 와서

나는 대리석의 골을 손가락으로 더듬어
몇 마장을 따라갔으나
찾고자 했던 길의 끝은 드러나지 않았다
허공이 저보다 더 깊은 허공을 끌고 다니며
자꾸 내 발을 헛짚게 하였다
멀지 않은 인디오 마을에서 현악의 소리가 들려왔다
검은 피부의 사내들 몇이 카타크를 추면서
시타르 다섯 현을 뜯어내고 있었을 것이다
지금 물들기 시작하는 노을 속으로
그들 하루의 일상이 슬픈 공명이 되어 번져나는데
무슨 욕망의 뱀 한 마리 벌판에 풀어놓은 듯한
붉은 힘으로 내지르는 저 아무나 강물
그렇게 어디 마땅히 돌아갈 처소도 없는 나는
좁은 난간에 걸터앉아 한 잔의 짜이를 마시며
이 여행의 곤궁함을 생각하던 중이었다

얼룩

꽃은 피어도 그냥 피어나는 법이 없고
꽃은 져도 그냥 지는 법이 없다
무심히 피어지는 꽃잎의 표면에 남은
저 얼룩!
마음에 서러운 것이 내리는 비에 씻기겠는가
남기지 않겠다 한들
제 몸에 이루는 시간의 춤은 막지 못하고
지워야 할 것이든 그러지 말아야 할 것이든
그게 싫든 좋든
지나온 모든 것들은 다 얼룩으로 남는다
고형이면서 비고형인 얼룩 어룽어룽
그러면 내 옷자락에 묻은
도무지 지워지지 아니하는 이 흔적의
정체가 정확히 무엇인지
엊저녁 술 한잔이 아직 목구멍에 걸려
넘어가지도 못하고 넘어오지도 못하고
아슬한 경계에 걸려 봄꽃은
어쩌자고 봄의 목구멍에 걸려
봄은 꽃 때문에 숨이 막혀 죽을 지경에 이르러

이것도 저것도 오고가지 못하는
경계를 딛고 사는 일은 이렇게 심심하지가 않아서
햇살에 대고 중얼거린다거나
지나는 바람에 말을 걸어 보기도 하는데
갈기를 눕힌 바람이 순한 표정으로
내 앞에 와 부드럽게 앉는다 옷에 묻은 얼룩
붉은 얼룩이 멋쩍게 흔들리면서
두어 송이 꽃핀다
엊저녁 그 탄식이 이렇게 가볍다니!

중섭에게 걸어보는 말

나는 새와 게의 나라를 알고 있지

아이들이 엎드려 함께 물장구를 친다거나
파닥이며 햇살로 흘러간다든지
흘러가던 자리에 머물러 개망초꽃으로 피어난다든지
그런 나라를 알고 있지

숲이 환하게 불 타올라도
발가벗고 그저 신나게 춤추면 되는
세상의 시끄러운 소리들도 와서 노래가 되는

새의 등을 타고 날아가다가
구름을 만지며 놀다가 싫증 나면
그냥 뜯어먹거나 그 속 깊이 숨어버리면 되는

벌거벗은 몸끼리 하나도 부끄럽지 않은
새의 말 게의 말을 알아들을 수 있는
아이들이 새처럼 하늘을 날고 비스듬 게걸음 걷는

그런 나라,
내 마음 안에 있으나 너에게는 일러줄 수 없는

곰소를 지나며

곰소의 소금은 푸른빛을 띠고 있어
그 까닭을 아는가
곰소에 사는 사람들은 소금으로 박박 문질러
제 상처를 돋우며 살고 있지

천년의 업보일 것이야
와장창 온몸으로 깨어지지 못하고야 마는
저 안타까운 서해의 파도

흘린 눈물은 마르고 말라
스스로 푸른빛 소금기둥이 되는─
붉은 해가 지고 있었어
곰소의 마을에, 슬픔처럼

나는 그 시집을 받고 즐거웠네

낮이나 밤이나 이 시대의 처절한 희망은
바스락거리기도 하거나 부딪혀 쨍그랑 깨어지기도 하면서
그런 것이 아니던가 소란한 그늘에 몸 부비고 누워
그대 상처는 이리 깊은가 그대 사랑은 이리 서러운가
나는 참 모르는 노래를 들었다네
그게 안식일의 밤이었거나
비탄에 젖어 간혹 죽음을 생각나게 하던 부표들
세상 정의되지 못한 허상의 것들이 나를 아프게 하던
나는 그것을 기어이 기억하였네
빨갛고 파란 신호등 곁에 나를 세우면 몸이 아프네
그대 행복했으면 좋겠네
열이 펄펄 나도록 그대 더 아팠으면 좋겠네
낮은 곳의 설움까지 어디 온통 몰다가
그대 밤새 앓고난 신새벽의 그예 지치고 지친 끝에서
찰랑찰랑 물소리 나는 노래 부르게
지천의 나비 다 불러모아 들꽃 가득 피게 하고
창문을 아프게 아프게 뚫고 들어와 제 어둠 기어이 흩어버리는

와장창 쏟아지는 이 무더기 별들을 나는 보네
여름 한낮에 휘날려 하얗게 무너지는 눈발을 나는 보네
그대 더 행복했으면 좋겠네

소통疏通

소통疏通이란 말은
트인다는 소疏와 서로 통한다는 통通인데
나이 오십을 넘겨도 무엇 하나
트이고 통한다는 것이 너무 어렵다
문득 집안에 굴러다니는 플라스틱 단소短簫가 눈에 띄어
그걸 닦고 입술 아래 두고 불어보니
맑은 소리가 나지 않고 그저
휘휘 바람만 자꾸 샌다
연전에 단소를 두어 달 배웠는데
그때는 단아한 소리가 가끔 나기도 했는데
그동안 보지 않았다고 통하기가 어렵다
다른 사람은 대금도 능청하게 불어도 쌓더니
나랑은 이 작은 것도 소통이 안된다
이래 가지고서야
복잡다변하는 사람의 마음을 어찌 소통할 것이며
풀과 나무와 새들을
하루를 마감하고 넘어가는 저 노을을
내가 무슨 수로 소통할 것인가
휘휘 플라스틱 단소 뚫어진 구멍으로
비우지 못한 마음만 앞서 나간다

오래된 의자

철제된 저 튼튼한 균형의
참 오래된 잠언箴言 하나가
거기 앉아 있었다
오른발 왼발
오른발 왼발
무료하게 그 앞을 지나가다가
작은 일에도 흔들리던 나의 행보들이
이것처럼 부동이었으면 하고 생각했다
그 앞을 지나는 동안
날은 많이 어두워져 있었다

뉴델리 바자르의 노점상

뉴델리 거리는 델리에 비해 화려하고
우뚝한 건물이 환상적입니다
정돈된 도시에서도 어딜 가나 바자르는 떠들썩합니다
상인과 손님들이 뒤엉기고 말을 섞고
나처럼 괜한 사람들과 한결 여유로운 소들과
까막새와 개들이 만드는 혼잡한 풍경입니다
건물벽에 거울 하나 붙이고 면도를 해주는
이발사 바로 곁에서 음식을 만들어 파는
버뮤르간즈씨는 1인분에 5루피짜리 탈리를 만듭니다
짜파티 서너 장과 체트니 소스 두어 가지
하루 벌어들이는 돈은 3달러 정도입니다
아내와 다섯 자녀까지 일곱 가족이
단칸방에서 그의 일당으로 살고 있습니다
그는 음식값을 절대로 올리지 않습니다
남겨진 음식은 다른 목숨들의 연명을 위하여
한쪽에 가만 모아 둡니다
꼭 제사 지낸 뒤의 고시래 상차림과 비슷합니다
버뮤르간즈씨는
어린아이이건 어른이건 부유한 자이건 걸식자이건 길

짐승이건 날짐승이건
  모든 상대를 존중하면서
  햇살 바른 곳에 앉아 손님을 기다립니다.
  음식값을 절대로 올리지 않습니다

  소망이 뭐냐 물으면
  그는 지금의 행복을 유지하는 것이라고 말합니다

4 부

상동 작은 산골에서의 일박 1

아무와도 만나지 않겠다고
아무것도 탐하여 가지지 않겠다고
이 작은 산골로 기어들어와서
차운 방바닥과 몸 부비며 자리에 누웠는데
창을 흔드는 바람소리가 무겁고 기이하였다
오래 귀 기울여 깜빡하니 잠이 들었는가 싶은데
잠 속에서도 안주하지 못하고 이곳저곳
나는 기웃거리며 돌아다녔다
못 가본 살던 목조집과 비린내 나는 번잡한 시장터와
어릴 적 동무들과 뛰어다니던 골목이나 꽃핀 화원지
출렁이며 제 몸 흔드는 바다도 보고
참 오랜만에 신이 나서 그렇게 다니고 있었는데
아버지가 나를 부르는 소리가 들린다
그게 기어코 마당에 양철 세숫대야 딩구는 소리로야
알았더라면 마음 두지 않았으련만
꿈속에서도 달려가 보니 거기
돌아가신 내 아버지와 삼촌도 고모도 할아버지도
모여 앉아 있는 것이다
반가운 마음에 발딱 잠이 깨어 곰곰 되짚어 생각하니

그게 나를 부른 것이었는지 나무라는 것이었는지
가슴만 콩당콩당 바다처럼 뛰어
옷 추슬려 밖을 나서니 스치는 매서운 바람에
뒷숲 길게 서있는 대나무들이 머리를 힘껏 흔들어
어둠의 청청한 별들을 쓸어내고 있는 것이다

상동 작은 산골에서의 일박 2

마을도 이렇게 떨어져 있으면 한 마장쯤 더 춥다
뒷간 갔다 오는 길에 하늘을 보니
별들이 꼭꼭 얼어 제 살을 쟁이고 있다
기웃기웃하던 고양이도 어디로 숨어 버렸고
대숲을 떠들던 새들도 없다
새들이 빠져나간 자리에 온기라도 남아있게 하려고
대숲은 저들끼리 붙어서서 숨을 죽인다
걸음걸음 걸을 때마다
발아래서 뚜둑뚜둑 관절 꺾이는 소리가 난다
겨울의 뼈, 바람이 자주 지나가며
이것들을 자라게 했을 터이다
그걸 내 관절 꺾이는 소리로 들으니
문득 아프기도 하고 서럽기도 하다
이 겨울은 나를 시험하고 있는 것이다
정신의 날 벼리는 일을 힘들게 하고 있는 것이다
茶를 마시다가 남겨둔 물이 얼어
다관에 깊은 금이 갔다

상동 작은 산골에서의 일박 4

너무 고적하고 외로운 속에 있다 보면
몸도 마음도 지쳐가는 것이다
저녁나절 대숲에 콩새들 지저귀고 가더니
가벼운 소리들 뒤로 날리기 시작한 눈은
밤이 되자 발자국을 남긴다
이 눈이 더 깊어지면
사람들 오가는 길도 끊어질지 모르는데
버리고 굳이 들어온 이 산중을
자꾸 떠나는 마음은 알 수가 없다
겨울나무들 빈 몸으로 서서
왜 서로 어깨를 기대는지 알겠다

상동 작은 산골에서의 일박 5

지금 나에게 유일하게 남아있는 것은
꾸르륵거리는 허기뿐이다
남아있는 이 허기마저 지우려고
장작불 속에 고구마를 던져넣다가
새까맣게 타버린 고구마를 집어내다가
아하 이것은 필시
내 전생과 닿아 있다
겨울 콩새가 늦은 감나무 가지에서
울고 가는 것도 그렇고
겨울 햇살이 마른 나뭇잎 위에 내려
그것들을 들썩이게 하는 힘도
나는 빼앗기고 떠나보내는 일에
열중해 있었으나
지상의 무게는 한쪽으로만 쏠리지 않는다
처마 끝의 바람도 들고나는 것이고
재의 품에는 더 간절한 열정이 숨어 있는 것도
오르락내리락하니
내 목숨의 이랑이 출렁이고 굽이치던 것을
이미 나에게는 호사라고 바라보면서

사는 일

　강의 눈이 한 곳을 보고 있다 강의 귀는 한 소리로 쏠려 있다 그럴 때가 즐거운 것이다 뜨겁게 미워하며 살거라고 뜨겁게 사랑하며 죽을 거라고 천방지축 달려왔다 내 몸은 자꾸 들뜨는가 강물에 돌 하나 던지면 그 돌 기어이 가라앉지 못하고 뱅뱅 돈다 돌면서 물음표 물음표 파란 물음표를 그린다

　돌아가
　작정하고,
　생각의 칩거蟄居에 들어야겠다

오도마니 앉아

잘못 든 길에서 재미있는 것을 만나게 되는 것이다
그날 오후, 길을 잃은 내가
노랗게 단풍이 들고 있는 플라타너스 그늘 아래 앉아
있었는데
잘 물든 나뭇잎 하나가 날아와 무릎에 앉았다
나는 그 나뭇잎의 무게로 움직일 수도 없게 되었는데
무엇이 좋아 깔깔거리며 나뭇잎은 제 마음으로 들썩이
는 것이었다
나뭇잎이 들썩이는 것이 아니라 내 무릎에 앉은 시간
들이 들썩이는 것이었고
나는 가려던 길의 희망이 무엇이었나를 곰곰 생각하였
으나
생각의 확장을 때늦은 햇살의 벽이 가로막고 나섰기
때문에
어디 바쁜 걸음으로 바람처럼 불어가는 사람들만
산골마을의 장승이나 되어 오도마니 지켜보는 것도 괜
찮은 일이었다

버려진 집

작은 유리창을 감싸고 있던 철골이
녹슬고 휘어져 다리를 들어올린
낡은 집
그 집의 모진 담벼락 끝에
「돌아와 줘」
비뚤은 글씨 몇 자

이토록 무거운 사랑을
나는 본 적이 없다
떠난 사람도 돌아올 사람도 거두어 버린
세월들만 여기저기
모퉁이가 부서져 내려앉은
따스한 날의 오후

그 사람 대신 이제는 내가
기다림이 되어 쪼그리고 앉는다
돌아올 누군가가 어디쯤서
햇살을 건너
걸어오고 있을 것이다

작은 시

지금 내 앞에서 지기 시작하는 산다화山茶花
그 붉은 것들이 대지를 탕탕 두드리며
하염없이 떨어지고 있다 햇살 바른 언덕에 앉아
어떤 간절함에 들어 네 엽서를 읽는다
그립다, 보고 싶다는 말은 어디에도 없고
산다화 꽃진 자리가
온통 네 떠날 때의 눈자위처럼 붉다

물살

고여 있는 물에게는 물살이란 말을 쓰지 않는다
물의 길도 인생길과 같아서
자꾸 흘러야 제맛이 나는가 싶다
흐르는 물에 발을 담가 보면
내 살을 간지럽히고 저만치 달아나는
물의 살,
살과 살이 비비적거리며
내 몸 속으로 물의 파장이 옮아오고
물의 속으로 내 파장이 스며들어
물과 나는 힘차게 닮아가는 것이다
품성과 생각과 희망까지를 닮아가는 것이다
바위를 타고 넘을라치면 그것의
거친 힘줄이 슬쩍 보였다 사라지기도 하고
푸우푸우 거친 숨도 듣는다
지금 세상에 가장 보드라우면서도 거침없는
살 하나가
내 부르튼 살을 문지르고 가는 것이다

근황

K형, 근황은 어떠신지요?
아침나절에 안개비가 내려
풀잎은 이슬 가득 지니고 누웠더니
한 식경도 못 되어 저렇게 말라 있습니다
사람이 살다간 자리에
그리움이 풀꽃으로 피었다 집니다
가엾은 추억들만 쌓여 갑니다
괘종시계가 뎅뎅 다섯 점을 치면
가까운 간이역에는 기차가 서고
낯선 사람들을 풀어두고 또 태워서는
북쪽으로 사라집니다
그 힘에 끌려서는 풀잎들도 잠시 눕고
강물도 촐랑촐랑 따라갑니다
사람 세상에 일어나는 크고작은 사건들이야
풀잎에게도 강물에게도
다아 부질없는 것이겠지만요
흘러갔다가 흘러오는
비워주고 채워나가는 이 절묘한 곡절이
마음에 들기도 하는 것이지만요

K형
강물이 붉게 젖어 있습니다
형이 남겨놓은 시편들을 읽으면
온 우주를 돌아 뚜벅뚜벅 내게로 걸어오는
형의 깊은 발소리를 듣습니다

징후 徵候

벌레든 꽃나무든 또 뭐든 간에
어떤 일을 벌이자면 징후를 보이기 마련이라는 것인데
그래서 그것 때문에 쉴 새 없이
꽃나무는 몸을 흔들고 벌레는 제 몸을 굽혔다 펴고
세상천지는 하루도 편안할 날 없는 것이다

오늘은 수상하다 쓰레기 버리러 가는데
비닐봉지에 반사된 햇살이 어제와 다르고
혀끝에 도는 공기의 맛이 예사롭지 않거나
옆집에서 들리는 소리가 수상하다
저 몸을 뒤트는 어린 벚나무에게 말을 거는
쭈그리고 앉은 사람의 안부가 궁금하다

무슨 일이 일어날 수 있다는
이만하면 증거가 확실하지 않으냐
입춘이라 그런가 내 속을 뜨겁게 밀어오는 생각들이
이런 날은 나도 바람을 가득 부풀리며
낯선 세상을 뚜벅뚜벅 걸어보고 싶은 것이다

귀

별이라도 있었으면 덜 심심하겠다
어두운 나무에 대고 농 삼아 말을 걸었더니
정말 별 뜬다 신기하다
올려다보니, 나무에 온통 팔랑이며
내 말을 알아듣는 귀!

5 부

진달래

기억하지 않으려고 자꾸 아팠다
몇 날을 어쩌면 죽을지도 모른다는 생각만 했다
그러고 나서 깨어난 아침은
감당하지 못할 만큼 너무 환하다
창 아래 진달래가 피었다
어떤 꽃들은 반가워서 피고 좋아서도 피겠지만
진달래는 아프면서 피는 꽃이다
기억에도 없는 봄날을 있는 대로 울다가
자취도 없이 스러지는 꽃이다
누군들 살아 북받치는 설움 없으랴마는

적멸

개망초 핀 새벽 들길
안개를 걷으며 나뭇잎들을 들뜨게 하면서
누가 걸어오나

속에서 쌓는 집착인 것이야
차마 너에게 보여주지 않으려고
개구리 긴 울음 끝에
살짝 매달린

저, 이슬 한 알

누전차단기

아내는 설거지를 끝내고 김치 담글 마늘을 까고
나는 앞으로 어떻게 살 것인가를 고민하는 중이었다
딸깍! 아내의 마늘과 나의 고민을
와장창 치고 들어온 어둠이 해결해 버린다
모차르트의 레퀴엠도 지워지고
낡은 냉장고의 웅웅거림도 지워지고
우리의 방은 흐느적거리는 생물체로 돌변한다
서가에 꽂힌 책들이며
베란다에서 가을을 기억하고 있던 풀나무들까지
아, 이리 쉬울 수 있구나
라이터 불을 켜 어둠을 잠깐 밀치고
그 틈새로 전화번호부를 뒤적이며
어쨌거나 이 허공을 달아날 준비를 했다
— 왜 이런 거죠?
— 아마 과부하가 걸렸을 겁니다.
과부하, 과부하……
아, 그랬지. 꼬박 절망을 꿈꾸다 맞은 새벽녘
내 벌건 눈알이 그랬던 것처럼
매운 마늘냄새의 과부하 내 고민의 과부하

다시 정리해 보자고 마음을 조금 열어두니
창밖의 것들이 보이기 시작한다

내 안에 들어있는 가벼운 죽음들이여

토막난 고등어를 불에 구워 먹었다
비릿한 냄새가 나서
옆에 놓인 상치를 한 움큼 또 집어
된장에 푸욱 찍어 먹었다
먹을수록 목구멍까지 차고 오르는 것이
슬픔인 이유는 또 뭔가
입을 벌릴 때마다 내 안에서
수많은 죽은 것들의 냄새가 난다
기화되어 날아오르는 슬픈 것들
내 안에 산란된 것들의 어머니들
태어나기 전에 이미 죽은 것들이
내 안에서 출렁거린다
나를 편하게 놓아주지 않는다

싹트는 시간

마당에 종일 장대비가 내립니다 가만히 보고 있자니 꼭 그것들은 빗방울 떨어져 내린 흔적만 또 찾아 내립니다 앞의 빗방울이 뒤의 빗방울을 만나 즐거워 소리내며 흘러갑니다 내 그리움은 어딜 갔다 오는지 비를 흠뻑 맞고 서 있습니다 상처도 아문 자리에서 다시 깊어지는 까닭을 모르겠습니다 당신을 생각하면 나는 이렇게 서러워집니다

아아, 이 빗속에
내가 지금 싹트는 시간인 모양입니다

몸속의 오래된 악기

몸속의 모든 격정과 살의를 두려움 없이
일으키고 싶을 때가 있다
나를 두드려 기어이 울게 하는 시간들
오래된 나무그림자가 내 속으로 기어들어와
말라비틀어진 의식을 잡고 춤추자 한다
서로 다른 음표들이 머리끝까지 치고 올라온다
나를 풀어헤치는 여리고도 즐거운 리듬
무섭게 잠재된 것들에서만 아득하고
세상을 움직이는 힘이 생긴다

내가 살아온 날과
내가 살아가야 할 날들을 꿈꾸어 보았다
손발이 저리면 의지는 점차 허약해져 가는 것이다
그리고 나는 지금
어두운 부호로만 가득 채워져 있다
손가락 관절 하나를 꺾으면 어디서
문풍지에 울던 바람 소리 난다
몸을 온통 굴려 아직도 미망인 꿈에 잡히고 싶다

창을 열어 밤하늘을 바라보면
비장한 절망 속에 희망이 보이기도 하는 것이다

구름포, 검은

그러나 묵묵한 걸음으로
죄 있는 사람이면 구름포로 오시라
검은 몽돌 붙안고 유혹하듯
춤추듯 흐느낄 수 있는 가슴만으로 오시라
1월의 바람과 햇빛과 절망 가운데
하염없이 퍼질러 앉아
이승의 죄 피 나도록 문질러 닦을
끈적이는 그대 검은 업業의
기어이 어느 한 자락쯤 지우고 싶은 사람
그런 사람이면 구름포로 오시라

아무 말 마시라 아무 말 마시라
모항에서 온 바다가 조용히 그냥 구름포를 들렀다
없던 것처럼 돌아서 가듯이
그리운 사람이면 구름포로 오시라
그대 탄식도 분노도 더 눈물 흘릴 일도 없으니
무국 한 그릇에 마음의 허기쯤 달래고
오가는 이는 가슴에 담지 않아도 좋으니
우두망찰 바다만 바라고 섰다가
그냥 그대로 그리울 것 없는 눈빛 되어
돌아서면 되느니

첫눈이 내린다

첫눈은 금싸라기보다 귀한
첫사랑과 같은 것이다
탯줄을 타고 세상에 처음 울음을 터뜨릴 때
울음을 터뜨리면서도 그 작은 가슴 얼마나 팔딱거렸던가
처음이란 이렇게 설레이는 것이다
봄 새순이 나오다 말고 얼음 속에 갇혔다
갇힌 것의 저 은밀한 팽창!
쟁쟁쟁 얼음 깨는 소리가 난다
첫눈이다 첫눈이 내린다
간단없이 세상 머리를 툭툭 치면서 내리더니
지금 온 세상을 들썩이게 한다
겨울이 가고 봄이 오고 겨울이 다시 온다 해도
첫눈은 첫사랑과 같은 것이다
힘있는 사람에게도 힘없는 사람에게도
첫사랑은 공평하게 가슴 시리게 하느니
새벽의 하염없는 발소리도 그렇지 않으냐
정말 아무것도 아닌 것처럼
내릴까 말까 망설이는 걸음으로 다가와
마른 들판에 제 열망과 반란을 있는 대로 풀어
일필로 그어놓고 달아나는 것이다

연어가 돌아왔다

연어를 잡아 살을 발라내면서
어디서 표류하고 있을 내 사랑을 생각한다
사람의 상처는 쉽게 딱지가 앉는 법인데
세상에는 돌아오는 사랑도 있구나
반도 남쪽 아름다운 샛강을 찾아들 때까지
햇살에 타고 바위에 찢긴
네 목숨에는 지친 물살무늬만 가득할 것이라던
내 짐작이 빗나가고 있구나
돌아온 네 사랑이 눈부시다
이 눈부신 금빛 환희를 깻잎에 가득 싸서
질겅질겅 씹으며
네가 헤엄쳐 온 아득한 물길 알라스카를 생각한다
그러면서 떠나간 사랑에 대해 나는 기우는데
아랑곳없이 방금 죽은 환희가
이렇게 나를 들뜨게 한다

분수처럼

하루는 자고 일어나니 화들짝 매화꽃이 피었고
개나리 진달래가 사람을 놀래키다가
그 다음 날은 벚꽃 천지다
세상에! 벚꽃 천지다
재재거리며 날아다니는 작은 새들
눈치보지 않고 제멋대로 흐드러진 풀꽃들
그 위로 흐르는 바람, 햇살 한 줌
가까이 흔하게 살아있으면서
사람의 눈을 끌어당기지 않던 것들이
모두들 이리 반갑거나 즐겁다 사랑스럽다

이 봄날의 신명을 뚫고 태어난 아이야
네가 세상의 안락과 권위와 기준에
깃들지 않기를 바란다
바람에 몸을 부비는 저 작은 풀꽃이
제 안의 기운으로
지상의 물을 끌어올려 환하게 꽃피우는 것을
희망은 제 속에서 터져 나온다는 것을
분수처럼 말이다

복사꽃 가지에
참 환한 하루가 걸렸구나

장생포 일박

밤이 거대한 날개를 펴서 세상을 덮어 준다는 것을
이곳에 와서야 알았다
아무것도 없는 동해바다를 보고서야 알았다
바다를 건너온 달빛이 그대로 창에 흘러들어와
모든 기다리는 시간들을 들뜨게 하고
벽에 걸린 액자도 액자 속의 숲과 검은 바위들도
반짝이면서 이리 깊게 흔들리는데
세상이 이렇게까지 창백할 수 있을까
내 떠나온 길 위에서는
늘 절망이 희망보다 찬란하였던 것을 생각한다
무너지는 것들을 바라보며
그것들 중에서도 마지막 손을 흔들던
부질없는 사람의 몸짓이
지금의 밤바다와 아주 닮았다고 추억하는 것이다
절망은 온몸으로 다가가도 함부로 깨어지지 않는
굳은 논리와도 같은 것이었다
장생포, 이 정적에 미쳐
한잠 이루지 못하리라 내 아득한 상처를 씻는데
푸른 달빛 속에 어떤 무모한 힘 하나가

일어선다 이 밤을 지워가며
나는 슬픈 고래들의 노래를 듣는다

오후 세시의 신발공장

들들들들 재봉틀이 제 힘에 겨워 돌고 있는
화려한 오후 세시의 신발공장
선풍기 날개에 하얀 하늘이 걸려 돌아간다
세 개의 플라스틱 날개 속으로
빨려 들어간 하늘이
산산이 부서지며 가루가 되어 흩어진다
빛의 더미 속에서 누구의 것인지도 모를
부서진 희망 하나가 환하게 고개를 든다
이미 생활은 고뇌할 필요조차 없이
흘러가는 대로 흐르기만 하면 된다
재/미/없/다
라디오 볼륨을 더 높여 찌직찌직
이 땅의 갈라진 틈새나 키우는 게 낫겠다
재봉틀 바늘이 자동으로
내 전신을 박아버린다 오! 이런
한동안 나는 깊은 잠을 자야할 모양이다

푸른 족적

줄거리도 없이 쫓고 쫓기는 총잡이들의 세계
서부 개척시대의 영화 한 편을 보면서
(개척이란 얼마나 편견에 매인 말인가)
또는 밀림에서 맹수를 사냥하는 인디언들의
날카로운 창끝을 보면서
잡으러 가는 경우가 통렬하고 자랑스럽지만
달아나는 것도 이와 못지않을 거라고 생각한다
제힘을 다해 달아나는 것이 아니라
자세히 보면 적당한 균형을 적당한 위험을
자를 재듯 적당한 간격을 유지하는 것이다
막무가내 달아나는 것은
오히려 궁지에 든다는 것을 알고 있는 것이다
늪에 빠지거나 절벽에 추락하게 된다
잡으러 가는 이도 질책하듯 서둘지 않는다
위험하고도 아름다운 유희를 즐기는 것이다
발정한 암고양이가 뒤를 따르는 수고양이에게
가만히 은밀한 표정을 남기듯이
풀잎 위거나 나무껍질 흐르는 물살에라도
약속된 족적을 두고 떠난다

그러므로 똥이나 발자국 같은 그 푸른 남겨짐에는
풍모가 달빛처럼 깊이 패이는 것이다
조금씩 거리를 좁히면서 그들은
그리움으로 상대의 심장이 뛰는 소리를 들으리라
어느새 죽음의 경로를 벗어나
달리고 있었던 것이다 아마도 친애하며
목적과 달려온 거리와 긁힌 상처를 잊고
마지막인 때에 이르러
저렇게 간절한 사랑을 세우는가 싶은 것이다

작은 가시에 찔려 말문이 트이다

1.
길들이 이렇게 처량하기도 하구나
낡은 문짝이며 스티로폼, 구겨진 종이상자들이
어두워져 가는 하늘 아래
가난한 사랑들이 세상을 떠나는 것이 보인다
이 결벽의 마음을 질책하며 사흘비가 내렸고
낮은 것들만 집어삼키는 황토강의 범람에 대해
아무도 입을 대지 않는다
발끝에서 빈 몸으로 울고 있던 술병들을
그것들의 슬픔을 내 아는 바 없다고
끝내 외면하였다
풀벌레들만 소리죽여 울고 있었다

2.
선운사 관음전 뒷마당에 앉아
적어도 한 십년
그것도 안 되면 겨울이 올 때까지
동백이 환하게 눈뜰 때까지라도
말문을 닫기로 한다

꽃 내리고서야 잎을 피우는
꽃무릇 그 붉은 서러움에도 이제 귀 닫고
흰 눈이 내려 세상의 가파른 길 다 지워지면
선운사 범종소리 앞세우고
나 휘적휘적 마을로 내려가리라
아무도 나를 아는 이 없으리라

3.
가시 하나가 엄지발가락 끝에 박혀서는
나를 꼼짝 못하게 잡아매고 있다
작은 가시 하나가
내 온통 생각과 촉수와 행보를
지배하고 있는 중이라니!
숨도 못 쉬고 죽을 맛이다
뜻도 없이 세상에다 대고 구시렁거리다가
내 오래 막혔던 말문이 트인다
붉은빛이다 세상은 작은 가시에 찔려
참 아름다운 길들이 트인다

사색과 순간의 발견

황 선 열(문학평론가)

1

박윤규의 이번 시집을 읽으면, 불교에서 말하는 두 개의 단어가 떠오른다. 하나는 관음觀音이고, 하나는 적멸寂滅이다. 관음은 존재하거나 '살아있음'을 의미하고 적멸은 '사라짐'을 의미한다. 이 두 개의 관계는 생성과 소멸이라는 말로 설명할 수 있다. 관음觀音은 산스크리트어의 아바로키테슈바라Avalokitesvara라는 말을 한자로 옮겨서 관세음觀世音, 관자재觀自在라고 한다. 관세음은 세상의 모든 소리를 듣는다는 뜻이고, 관자재는 세상의 모든 것을 자재롭게 관조하여 보살핀다는 뜻이다. 적멸寂滅은 산스크리트어 니르바나[피안彼岸, 저 언덕]를 한자로 음역한 것이다. 불교에서는 이를 열반涅槃이라고 하며, 번뇌의 불을 꺼서 깨우침의 지혜를 완성하고 정신의 평안함에 이르는 상태를 뜻한다. 이것은 우주 만물의 질서를 설명하는 근본원리이다. 관음과 적멸은 어쩌면 문학예술이 닿

을 수 있는 마지막 자리인지도 모른다. 이러한 시선이
돋보이는 시 한 편을 읽어보자.

> 아득한 내 적멸에 들어
> 세상의 고운 빛 맑은 소리를 잃고서야
> 마음으로 환한 탱화幀畵 한 점 그리나니
> 눈으로 세상의 소리 바로 보게 되느니
>
> ─「금어金魚를 뜨다」부분

이 시는 실상實相은 보이지 않지만, 그 보이지 않는 실
상을 찾아가려는 화자의 갈망을 형상화하고 있다. 이 시
의 전체 내용은 떡갈나무에 황금물고기를 새기면서 쓴
시이다. 여기서 황금물고기[金魚]는 화자가 지향하는 예
술의 궁극 지점을 상징하기도 하며, 생성과 소멸의 경계
를 뛰어넘은 삶의 깨달음을 상징하기도 한다. 떡갈나무
의 도토리 한 알이 떨어져서 나무가 되고, 그 떡갈나무
의 "한 짝 둥치를 켜내어서" 나이테 결이 있는 나무에 금
어를 뜬다. 그렇게 뜬 금어는 다시 마음으로 그린 탱화
가 되어서 세상을 똑바로 바라보게 된다. 따라서 적멸은
곧 관음의 세계로 가는 길이라 할 수 있다. "아득한 적
멸"에 드는 순간 마음의 눈으로 세상을 보게 되는 것이
다. 그가 떡갈나무에 새긴 금어는 실상實相이지만, 실상
을 그리는 순간 허상虛像이 되고 만다. 그래서 아무리 조
각을 해도 금어의 실상을 발견할 수 없다고 말하고 있는

것이다. 형상을 뛰어넘는 마음의 눈으로 볼 때, 가능한 세계이다. 불교적 사유체계로 말하면, 사물의 형상을 그리고 나면 그것은 이미 형상이 아니다. 실상은 허상일 뿐이고, 허상은 실상을 담을 수 있을 뿐이다. 그렇기 때문에 존재하는 모든 것은 허상이면서 동시에 실상이다. 삶의 경지는 예술의 경지와 통하고, 그것은 영원한 소멸도 영원한 생성도 없는 경지이기도 하다.

2

이 시집은 전체 다섯 부분으로 나누어져 있는데, 시집 전체에 흐르고 있는 정서는 생성과 소멸에 대한 고민과 방황이라고 할 수 있다. 사람이 살아가면서 만나는 수많은 일상들은 때론 희망의 상황을 보여주기도 하지만, 때론 절망의 상황을 보여주기도 한다. 그의 시는 사소하지만 의미 있는 일상들을 통해서 삶의 의미를 터득해가는 과정을 형상화하고 있다. 그의 시에서 사물을 보는 관점은 매우 중요하다. 그래서 그의 시에서 세상을 바라보는 관음觀音의 자세를 살펴보는 것은 그의 시를 이해하기 위한 전제 조건이 된다고 할 수 있다. 시가 사물에서 새로운 의미를 발견하는 과정이라고 한다면, 그의 시는 나무와 숲, 자연을 통해서 삶의 의미를 깨달아가는 과정 속에 있다고 할 수 있다.

밤에 비를 맞고선 나무에 다가서면
소리가 보인다
가지를 부러뜨리지도 않고 그저 톡톡 두드리는
있는 품을 다 벌리고 그 수작 받아주는
넉넉한 수평과 수직으로 교접하며
희망이며 사랑이며 슬픔이며 불안한 정적이며
세상 물정까지를 보여주는 것인데
그게 사람을 만나고는 못 보던 소리
사람의 눈빛에 가려 소리들은 파장만 남는데
비를 맞으며 나무에 다가서면
순하디순한 천수천안千手千眼, 그 눈에 뚝뚝 떨어지는
눈물을 보는데 하나도 슬프지 않고
밤새도록 나는 그 정하게 섞이거나 품는 소리
내 몸에서도 어떤 소리가 흐르며
나무와 비가 만드는 참 아름다운 음유吟遊를
어두운 눈으로 훑어보는 것이다

─「관음觀音」 전문

이 시는 밤에 비를 맞고 서 있는 나무에게 다가가서 나
무 사이로 내리는 비를 바라보면서 쓴 시이다. 이 시에
서 우리는 나무와 비의 은밀한 조화로움을 만난다. 비가
수직으로 서 있는 나무와 수평으로 벋어나간 가지들 사
이를 통과하면서 나무와 교접하는 것을 보는 순간, 화자
는 사람살이의 희망, 사랑, 슬픔의 근원도 그와 같을 것

이라고 생각한다. 비는 눈물과 같이 내리고 있는데도 하나도 슬퍼 보이지 않고, 사람들의 희로애락과 같은 감정과는 다른 맑은 음유吟遊를 보여주고 있다. 그는 비가 내리는 밤의 정서와 함께 은밀하게 다가오는 비의 소리를 들으면서 천수천안을 가진 관음상을 떠올린다. 나뭇가지 사이로 떨어지는 빗줄기는 관음보살과 같이 다가와서 화자의 마음을 적시고 있다.

이 시는 비와 나무로부터 삶의 진리를 깨닫고 있다. 인간과 같이 감정의 기복이 심하고 슬픔을 쉽게 드러내지 않는 자연의 신비로움 앞에서 그는 우두커니 서서 세상을 관음하고 있다. 그는 비를 맞고 서 있는 나무의 모습에서 성자의 모습을 읽는다. 나무와 비의 조화를 보면서 그는 그것을 "아름다운 음유吟遊"로 받아들이면서 "어두운 눈"으로 세상을 훑어보고 있다. 이것은 자연의 이치를 통해서 인간 세상의 새로운 의미를 발견하고 있는 것이라고 말할 수 있다. 『장자莊子』의 '천도天道'에서는 "대저 천지자연의 덕이 밝다는 것, 그것은 모든 일의 근본이라 한다. 그것은 하늘과 조화調和가 된다. 그리고 천하는 조절하여 사람과 조화되는 원인이 되기도 한다(夫明白於天地之德者. 此之謂大本大宗. 與天和者也. 所以均調天下)"라고 말한다. 자연의 조화로움을 통해서 사람의 조화로움을 발견하려는 것은 하늘의 도를 발견하려는 것이다. 그의 시는 자연을 '관음觀音'하면서 하늘의 도를 발견하고 있다.

그래서 그는 "선운사 관음전 뒷마당에 앉아/ 적어도 한 십년/ 그것도 안 되면 겨울이 올 때까지/ 동백이 환하게 눈뜰 때까지라도/ 말문을 닫기로"(「작은 가시에 찔려 말문이 트이다」)하는 것이다. 사소한 일상을 버리고 자연과 더불어 있을 때 또 다른 세상을 만날 수 있다. 이 때문에 그는 되도록 작은 것들을 잊고 살아가려고 한다. 어떤 때는 세상과 단절하기도 하고, 어떤 때는 세상과 잠시 결별하기도 한다. 그것은 화자의 소망이면서 동시에 그가 추구하려는 삶의 목표이기도 하다. 작은 가시 하나가 내 한 몸의 신경을 곤두서게 하듯이, 세상은 작은 일상에 대한 촉수를 거두는 순간 새로운 세상과 만나게 되는 것이다.

키를 낮추어 아래를 내려다보며 숲길을 걸으면
못 보던 아름다운 생각들이 보인다

큰 눈알 굴리며 나무 뒤에 붙어선 저 작고 귀여운 것의 생각
오무락거리며 꾸물대며 기어가는 것들의 생각
거미줄에 맺힌 이슬의 반짝이는 생각
굴러가다 제멋대로 상처난 작은 돌들의 생각
이것들의 세상을 온통 포근히 품어주며
제 머리로 흔들거리는 나무의 생각

나는 참 아름다운 생각들에 둘러싸여

우리 살아가는 경우들도
이랬으면 좋겠다는 생각이 든다
                              ―「생각의 나무」 전문

　이 시는 숲길을 걸으면서 떠오른 생각의 파편들을 엮
은 시이다. 위로 바라보지 않고, 아래로 바라보면 그동
안 보지 못한 "아름다운 생각"들이 보이게 마련이다. 겸
허한 마음으로 세상을 바라보면 세상의 또 다른 측면이
바라보이는 것과 같은 이치이다. 키를 낮추어서 숲을 보
면, 나무 뒤에 있는 작은 것들, 오무락거리며 기어가는
생명, 거미줄의 이슬, 상처난 작은 돌들이 보인다. 그 숲
에 있는 수많은 생물과 무생물은 모두 아름다운 생각을
하는 물상들이다. 작고 귀여운 생명들은 제각각 의미를
가진 존재들이고, 거미줄에 걸린 이슬방울 하나도 의미
를 가진 존재들이다. 숲길에서 만나는 자연의 신비로움
은 아름다운 생각으로 가득한 생명 그 자체이다. 작은
생명들도 모두 아름답다는 생각은 나무의 생각이기도
하면서 화자가 세상을 바라보는 생각이다. 이런 나무의
관점으로 볼 때, 숲길에서 만나는 모든 것은 아름다운
것이다.
　이러한 자연에 대한 인식은 여러 시편에서 보여주고
있다. 시「봄, 나무에 돌아가」에서는 봄이 되면 생명이
싹트듯이 자신의 몸도 봄의 기운과 같이 일어난다고 말
하고 있다. 이 시에서 그는 자신의 몸이 전생에 나무였

을 것이라고 생각하는 자연 합일의 인식으로 나아간다. 이것은 단순하게 나무와 자신이 하나라는 인식에 그치는 것이 아니라, 생명에 대한 일종의 경이로움으로 나아가고 있다. 그는 이 시를 통해서 자신의 깊은 곳에 잠재해 있는 생명의식을 끄집어 올리고 있다. 시「숲길을 가면」에서는 세상을 여유롭게 바라보면 만물은 살아있다는 것을 느끼게 한다고 말하고 있다. 그는 숲의 관점으로 세상을 보기 때문에 나무와 나무의 대화, 벌레 한 마리의 몸짓, 새들의 날갯짓이 모두 살아있는 실체라고 말한다. 이 살아있는 실체들을 볼 수 있는 것은 삶의 여유로움에서 나온다. 산책과 여유를 통해서 비로소 숲의 생명들과 교우할 수 있는 것이다. 시「나뭇잎 사이를 걸어갈 때」에서는 말 그대로 나뭇잎과 자신이 교감하고 있는 상황을 형상화하고 있다. 이 시에서 그는 자연 속에서 자신을 버리는 삶은 즐거운 일이라고 말한다. 그가 추구하는 세속적 삶을 버리는 순간, 자연이라는 거대한 생명공동체를 발견하는 것이다. 운수납자雲水衲子와 같이 버리고 떠나는 행위야말로 새로운 삶을 발견하는 과정이다. 그는 나무 사이와 숲길을 거닐면서, 혹은 나뭇잎 사이를 걸으면서 무한한 생명이 존재하는 자연과 유한하고 집착이 강한 인간을 대비하고 있다.

그는 작은 물상들에 집착했던 자신의 삶을 통해서 그동안 잊고 살았던 삶을 반성하고 그 속에서 희망을 발견한다. 그동안 아무런 의미가 없다고 생각했던 자연의 물상들은 깊은 의미를 가진 존재로 다가오고 있다. 자연은 화자의 삶에 투영되면서 끊임없이 삶에 새로운 의미를 부여한다. 그의 시에서 자연은 사람의 거울이다. 이 때문에 그는 가을산을 바라보면서 이별의 서러움을 읽어 내고, 말없이 흘러가는 강물을 통해서 인간의 삶을 조망하는 것이다. 『회남자淮南子』의 '원도훈原道訓'에서는 "최상最上의 도는 만물萬物을 만들어 내지만 자기 소유로 삼지 않고 만상萬象을 이루어 놓지만 주재主宰하려고 하지 않는다(夫太上之道. 生萬物而不有 成化像而弗宰)"라고 말한다.

그의 시는 만물의 소리를 있는 그대로 관음하면서 자연 속에서 인간은 어떻게 살아야 하는지를 묻고 있다. 비록 보잘것없는 만물의 모습이라고 할 수 있지만, 그 속에서 거대한 생명의 울림이 존재하고 있다. 이를테면, 거미가 줄을 치는 것은 생명을 이어가기 위한 수단이지만, 그 생명의 줄이 사람들에게는 죽음을 재촉하는 줄(「그 줄이 눈부시다」)로 바뀌기도 하는 것이다. 그는 거미가 치는 생명의 줄과 같이 자신도 세상을 위한 자연스러운 작은 옷을 지었으면 한다. 누에가 파란 줄을 뽑아내어서 사람들에게 옷을 지어주듯이 그렇게 살고 싶었지만, 자신이 과연 그렇게 자연의 모습으로 살았는지 반성하고 있다. 그는 시를 통해서 세상을 위한 작은 옷 한 벌을 지어주려고 하는 것이다. 담쟁이 덩굴의 새잎이 희망의 메시지를 전해주듯이 자연은 모든 생명들에게 희망을 주는 존재이다. 그 자연에서 삶의 이치를 깨닫는 것은 지극히 당연한 일이다. 그는 지금 자연의 섭리를 통해서 만물의 도를 깨달아가고 있다.

3

그는 자연의 이치를 통해서 삶의 의미를 깨닫기도 하지만, 작고 하찮은 일상을 통해서도 삶의 의미를 깨닫기도 한다. 그의 일상에서 만나는 수많은 일은 삶의 의미를 깨달아가는 과정 속에 있다. 그것은 과거의 기억 속에 잠재해 있는 일상의 발견이기도 하고, 지금 살아가고 있는 현실의 재발견이기도 하다. 이번 시집의 곳곳에 보이는 과거와 현재의 기억과 집착, 허공의 의미를 통해서 그는 삶에 새로운 의미를 부여하고 있다. 그는 작은 일상들이 해체되고 파괴되는 데 대해서 절망하고 고통스러워한다. 과거의 기억과 현재의 삶에 대한 집착은 인간이 가진 근원의 문제이다. 과거의 기억으로부터 나오는 현재의 집착은 사람을 허무하게 만들고, 절망에 빠지게도 한다. 그래서 그는 작은 일상을 내려놓고 산책의 여유를 즐기고 있는 것이다. 그는 모든 것을 내려놓고 허공의 상태에 이를 때, 진정한 삶의 의미를 발견할 수 있다고 말한다.

도시의 전철을 타고 가는데 겨울 밤하늘

별들이 길게 줄지어 따른다
덜컹거리는 속도에 급한 마음으로 앞지르는
별 하나 없으니
기차가 분사하는 불똥이 허공으로 퍼져
별이 된 건가
이 밤에 우리는 지친 허공 하나씩 품어 안고
가야 할 지점을 잃어버렸다
기차가 크게 휘감아돈다 우리는 각자의 허공을 놓칠세라
바쁘게 등뼈를 휘었다
세탁기 수조에 갇힌 빨래처럼 깊은 물살로
휘감아도는 겨울밤의 우울한 기척이여
젖은 것들은 왜 이리 무거운가
몸의 장부臟腑와 생각을 꽁꽁 싸매어
그리고는 이탈하지 못하도록 설원의 나목으로
내몰았던 그 허공
우리를 끌고가는 이 거대한 물체는 속도는
내려야 할 역들은 안중에 두지 않고
다만 우리는 할당되어진 안부에 기꺼워하며
이 끝나지 않을 레일을 떠도는 것이다

― 「방하착放下着」 전문

　이 시는 도시 문명의 혜택을 받고 살아가는 인간들에
게 내리는 경종警鐘의 소리를 담고 있다. 바쁘게 살아가
는 사람들은 끝없이 허공을 달리는 전철로 상징화된다.
사람들은 "지친 허공을 하나씩 품어 안고" 끝없이 방황

하고 있다. 그래서 사람들은 내려야 할 역들을 안중에 두지 않고 달리는 데만 급급한 나머지 전철이 레일을 끝 없이 떠도는 것과 같이 떠돌고 있는 것이다. 그래서 그는 "방하착放下着하라"고 부르짖는다. 방하착은 "내려놓아라. 내버려라."라는 뜻의 불교 용어이다. 이 말은 엄양嚴陽이 조주趙州를 찾아가서 가르침을 청했더니 "방하착放下着하라"고 했다는 말에서 유래하고 있다. 엄양은 조주의 말을 듣고 갖고온 짐을 내려놓고 나서 "다 내려놓았습니다."라고 했더니, 조주는 엄양에게 그러면 "착득거着得去하라"고 했다.(곽철환, 『시공 불교사전』, 시공사, 2003)고 한다. 짐을 내려놓으니 다시 짐을 지고 가라는 이 역설의 미학은 현대 기계문명의 혜택을 벗어나지 못하는 인간의 한계이기도 하다.

느림과 완만한 자연의 삶으로 돌아가고 싶지만, 기계문명의 이로움에 빠져 있는 현대인들은 그 짜릿한 맛을 외면할 수 없는 것이다. 마치 당근과 채찍과 같은 기계문명의 속성은 현대인들을 끝없이 방황하게 만든다. 그들의 삶은 전철의 레일처럼 이탈할 수도 없으며, 할당된 곳에서 떠돌고 있는 불쌍한 영혼이다. 그러나 이러한 상황을 만든 것도 또한 인간들이다.

이만큼 한 살육도 처음 보겠다

고것 참,

짱뚱어 망둥어 복쟁이 숭어 병어 전어 조기 멸치 갈치 실
금장어 쑤기미 갑오징어 개불 바지락 백합 펄돌맛조개 해
방조개 대맛조개 참맛 키조개 갯고동 큰구슬우렁이들의,
　민꽃게 주꾸미 풀게 농발게 짱뚱게 알락꼬리마도요 민물
도요 칠면초 나문재들의,
　아름다운 시간들을 틀어막아 마르게 하고
　그것들의 땅 다 빼앗아
　거기 길 내고 집 잘 짓고 살겠다고?

　기벌포구에서는
　팔뚝 굵은 이들이 갯바람에 노래 부르며
　바지락 캐는 아낙을 손짓으로 불렀다는데
　모항을 지나 곰소에 내리는 햇살은
　소금보다 더 희고 고왔다 하는데

　도대체 거침없는 오만이 무모한 발상이
　어디까지 갈 것인지
　정치폭력과 개발독재가 무슨 꿍꿍이로 그려낸
　우리나라 21세기의 참 희한한 논법 앞에서
　그 발등에 엎드려 어떤 눈물을 흘려야 할까를
　고민하는 중이다
　어디 흘러갈 곳 없어 떠도는 목숨들을 두고
　내 다시는 노래하지 않으리
　아주 즐거운 생각과 아주 금빛 나는 희망에 대하여
　두런두런 깨알 쏟아지던 그 살맛 나는 고을에 대하여

바다는 땅에게 자유를 말하려고
땅은 바다에게 침묵을 알리려고
물살은 찰랑거리면서 분주히 들고나는 것인데
채석강 칼바위를 스쳐온 날선 갯바람에
나는 가슴을 깊이 베인다
부끄러워서 정말 부끄러워서
바다보다 하늘보다 먼저 낯이 붉어지는
아, 도무지 편안할 수 없는
도울 부扶 편안할 안安 부안에 와서

— 「부안扶安에서」 전문

이 시는 인간들이 개발이라는 명목을 내세워 자연을
파괴하는 현장을 고발한 시이다. 이 시의 첫 부분이 "이
만큼 한 살육도 처음 보겠다"라고 진술함으로써 반생명
성에 대한 반감을 노골적으로 드러내고 있다. 화자는 인
간들이 갯벌에 살고 있는 생명들의 땅을 빼앗았다는 사
실 때문에 부끄러워한다. 인간들의 오만하고 무모한 발
상들이 자연을 파괴하고 자연 속에 살고 있는 뭇 생명들
의 삶을 빼앗아버린다. 편안함을 도모한다는 뜻을 가진
부안에서 생명을 죽이는 처참한 살육이 일어나고 있다.
그는 생명의 근원을 탐색하면서 생명이 파괴되고 있는
현실을 냉철한 시선으로 비판하고 있다. 이것은 시 「어
떤 슬픔」에서 끈질긴 생명의 근원을 탐색하는 방향으로
나아간다. 이 시에서 표범 마나나는 자신의 새끼가 비단

뱀에게 먹히자 사투를 벌인 끝에 새끼를 토해내게 한다. 마나나는 그 죽은 새끼를 물고 볕이 잘 드는 곳으로 옮겨놓고는 자신의 새끼를 더 이상 다른 짐승이 먹지 못하도록 자신의 이빨로 뜯어 먹어 버린다. 표범 마나아의 새끼에 대한 처절한 사랑은 생명에 대한 경외감마저 들게 한다. 자신의 새끼를 어떤 동물에게도 빼앗기지 않으려는 어미 표범의 처절한 몸부림을 통해서 생명은 삶과 죽음의 경계를 넘어서 존재한다는 사실을 깨닫게 한다. 이 시에서 표범의 행위는 생명의 근원이 어디에 있는지를 반문하게 한다.

그것은 '야생의 삶'이 보여주는 속성 그 자체이다. 여기서 야생의 삶은 자연의 질서 속에 있는 생명의 근원을 말한다. 자신으로부터 나온 분신을 끝까지 책임지려는 본능적 욕망은 모든 생명들이 갖고 있는 공통의 속성이다. 이것은 슬픔이라기보다는 생명에 대한 일종의 책임감이다. 그래서 그의 시에서 생명의식은 슬프기보다는 경외감을 느끼게 하는 것이다. 시「분수처럼」에서는 봄날의 생동감을 노래하고 있는데, 이 시에서 생명이 있는 것들은 말 그대로 환희로 다가온다. 봄날의 신명이 마치 분수가 하늘로 솟구치는 것처럼 역동적이다. 거꾸로 솟구치는 분수는 생명의 의미를 고조시킨다. 그래서 그는 세상의 안락과 권위에 깃들지 않은 온전한 생명만으로 살아가야 한다고 말한다. 생명은 지상의 물을 끌어올려 꽃을 피우는 듯이 그 과정은 분수가 솟구치는 것과 같다는 것이다. 그는 생명의 신비로움을 넘어서 생명의 역동성을 말하고 있다.

그런 점에서 그의 시는 일상성을 말하고 있으면서도 자연에서 그 일상의 근원을 발견하고 있다. 그는 인간의 힘에 비하면 자연은 무형의 존재이지만, 그 힘은 헤아릴 수 없는 거대한 존재라는 사실을 자각하고 있다. 시 「바람이 분다」에서 그는 바람은 정해진 실체가 없다고 전제하면서 창호지 하나 뚫을 수 있는 힘도 없는데도 불구하고 세찬 바람이 불 때는 그 뚜렷한 실체가 보이기도 한다고 말한다. 실제로 없는 듯하면서도 뚜렷하게 존재하는 것. 그것은 인간이 만들어낸 어떤 기계적인 힘보다도 더 뚜렷하게 존재하는 실체이다. 만물의 근원이 지닌 힘 속에 존재하는 자연의 힘이다. 인간이 느끼는 사랑은 없는 듯하지만, 사실은 그 엄청난 힘이 동시에 존재한다. 보이지 않으면서도 보이는 것이 바람이듯이 사람들이 갈구하는 사랑도 보이지 않지만 거대한 힘을 지니고 있다. 허공이니 무無니 하는 것은 보이지 않지만, 사실은 그 내적 기氣는 무한하다.

그의 시에서 생명성은 그 근원에 절망이니 불안이니 하는 것이 기억과 함께 존재하고 있다. 삶에 대한 근원적인 불안의식은 기억의 저편에 존재하는 생명을 지향하고 있다는 말이기도 하다. 그래서 그는 화살나무의 열매를 물고 사라진 새를 보면서 기억 속에 내재한 사람살이의 풍광을 찾아가기도 한다.(「화살나무 붉은 잎」) 화살나무의 붉은 열매는 기억의 화신이다. 그 기억은 사랑 같은 것이다. 화살나무에 남은 열매와 같은 사람살이도 반쯤 남은 기억을 붙들고 사는 것인지도 모른다. 그래서 세상은 말 그대로 거대한 묘지이면서 동시에 생명의 근원이 끝없이 자리잡고 있는 것이다. 세상은 묘지와 같은 불안한 기억 속에 있지만, 화살나무의 붉은 잎과 같은 선명한 생명이 놓여 있다. 불안한 기억은 사람들이 살았던 또다른 생명의 흔적이기 때문이다. 그래서 그는 어두운 기억 속에 잠재해 있는 불안을 붙잡고 살아가고 있으면서도(「기억의 고집」) 그 속에 드리워진 생명의 의미를 찾으려고 하는 것이다.

이런 불안과 두려움의 정서는 시 「아침이 올 때까지」, 「창窓으로」, 「1%」, 「절망에 대하여」, 「OFF¿」 등에서 나타나고 있는데, 이들 시는 죽음과 불안을 형상화하고 있으면서도 그 속에서 희망을 발견하고 있다. 그것은 시 「하루의 춤」에서 공기 인형이 춤추는 장면을 보고 자신의 하루를 반성하고 있는 것과 같다. 화자는 아무런 의미도 없이 살아가는 자신의 하루와 공기의 흐름에 따라 팔을 휘두르고 있는 공기 인형의 모습은 닮았다고 생각한다. 절망과 불안 속에서 살아가는 자신의 무의미한 삶에 대한 반성을 하면서 그 속에서 새로운 희망을 찾고 있는 것이다. 그는 일상의 삶을 통해서 새로운 세계를 만나려고 하고 있다.

4

이번 시집에서 또 다른 측면에서 접근할 수 있는 시들은 사랑과 그리움, 이별과 같은 순정한 정서를 형상화한 시들이다. 특히 3부와 5부의 시들에서 많이 보이는 이러한 주제들은 일상 속에서 삶의 진정성을 발견하려는 것이다. 그는 늘 출렁대면서 사람을 그리워하고 있다. 출렁거림은 살아있음을 의미하고, 반생명보다는 생명을 지향한다. 그래서 그가 만나는 일상은 고여있지 않고 출렁대고 넘실댄다. 그는 일상에서 만나는 사람의 평이한 정서를 통해서 삶의 진정성에 도달하려고 한다. 그가 발견하고 있는 일상의 풍경들은 대부분 실상들이지만, 그 실상은 사실은 실상이 아니라 허상일 수도 있다. 그의 시에서 허虛의 상황을 묘사한 시들이 많은데 그것은 사실 실實의 상황을 보여주기 위한 것이다. 모든 것이 텅 비어 있는 상태이지만, 그 속에서 진정한 채움이 있다.

태허太虛는 역설적이지만 꽉 참滿을 의미한다. 동아시아 문예미학에서 여백의 미는 꽉 차있는 것을 비껴가는 것이지도 하지만, 꽉 채움을 강조하기 위한 것이기도 하다는 논리와 같다. 그가 지향하고 있는 예술의 의미도 그런 의미에서 동양의 미학적 사유와 통한다고 할 수 있다. 여기에서 논할 수 있는 자리는 아니지만, 형상을 다 그리고 나면 그 형상은 사라지고 허상만 남는다는 말과도 같다. 그래서 그가 말하고 있는 사랑과 이별의 정서는 슬픔과 기쁨의 순환 논리 속에 있는 것이다. 사실 사랑과 그리움, 설움의 정서는 그 존재가 살아있기 때문에 느낄 수 있다. 사랑은 살아있는 것이고, 출렁대는 것이다. 이별의 정서도 슬픈 것이 아니라, 인간의 맑은 정서를 표현하는 것이다. 그래서 이별의 정서는 출렁임이요, 살아있음의 증거이다. 사랑하고 그리워하고 이별하는 것은 누군가와 소통하는 것이고, 살아있다는 것이다.

> 그날, 세상은 온통 출렁이는 물이었다
> 나는 깊은 물 속에 직립으로 서서
> 너를 기다리는 중이었다
> 세상의 길들은 나와 무관한 채로
> 제멋대로 벋어 있었으며
> 그 길들 위로 노을이 지고 있었다
> 나는 노을을 깊게 들이마셨다
> 그러는 사이 몸은 점점 가벼워졌으며
> 나의 물속에서도 노을이 거짓말처럼
> 슬프게 번져나기 시작하였다
> 나는 가슴이 두근거렸던가
> 네가 오기 전까지 어떤 출구를 떠올리며
> 액자로 걸린 노을을 만지고 있었는데
> 그러나 이 기특한 시간은 짧아
> 보이지 않는 것이 곧장 이 풍경들을 거두어
> 어디로 쉽게 흘러가 버릴 것을 생각했다
>
> — 「노을, 출렁이다」 전문

이 시는 어떤 대상을 기다리는 상황을 형상화한 시이다. 화자는 노을이 지는 풍경을 그린 그림을 보면서 '너'를 기다리고 있다. 그 두근거리는 가슴을 안고 있었지만 너를 만나기 위해 기다린 시간은 어디론가 쉽게 사라질 수밖에 없다. 이 시의 제목인 "출렁댄다"는 것은 너를 만나기 위해 기다리는 마음이라고 할 수 있다. 이 시는 사람에 대한 그리움을 잘 표현한 시이다. 사람이 누군가를 기다린다는 것은 참으로 행복한 시간이다. 그것은 가슴이 두근대는 일이기도 하다. 그의 시에서 그리움의 정서는 잊으려는 대상이기도 하고 몸속에 스스로 체현되는 삶의 '얼룩'이기도 하다.(「얼룩」) 세상의 모든 것은 얼룩을 남기듯이 사람의 마음 자락에도 기억을 통해서 늘 남는 것이 있다. 정체 모를 삶의 흔적들은 화자를 아프게 하지만 그 일상은 생각하면 또한 가벼운 일이기도 하다.

고여 있는 물에게는 물살이란 말을 쓰지 않는다
물의 길도 인생길과 같아서
자꾸 흘러야 제맛이 나는가 싶다
흐르는 물에 발을 담가 보면
내 살을 간지럽히고 저만치 달아나는
물의 살,
살과 살이 비비적거리며
내 몸 속으로 물의 파장이 옮아오고

물의 속으로 내 파장이 스며들어
물과 나는 힘차게 닮아가는 것이다
품성과 생각과 희망까지를 닮아가는 것이다
바위를 타고 넘을라치면 그것의
거친 힘줄이 슬쩍 보였다 사라지기도 하고
푸우푸우 거친 숨도 듣는다
지금 세상에 가장 보드라우면서도 거침없는
살 하나가
내 부르튼 살을 문지르고 가는 것이다

- 「물살」 전문

이 시는 흐르는 물을 보면서 삶과 생명의 의미를 돌아
보고 있다. 물은 "고여 있는 물에게는 물살이란 말을 쓰
지 않는다"라는 의미심장한 문장을 통해서 물과 살의 의
미를 쪼개고 있다. 흐르는 물에 발을 담가서 (물)살을 느
끼고, 그 살의 느낌을 통해서 자신과 물의 흐름이 하나
가 된다. 물과 살은 다른 것 같으면서도 하나이다. 세상
에서 가장 "보드라우면서도 거침"이 없는 (물)살이 나의
살과 닿아서 하나가 된다. 하나이면서 하나가 아니고 둘
이면서 하나인 것이 삶의 흔적이 아닐까? 여기서 물살은
생명이며, 기억이며 생성의 이미지이다. 또 다른 시에서
물살은 "내 아픈 밤마다 철렁이는 소리를 끌고 와서는/
허기진 아침이면 푸른 물살로 반짝이며"(「아버지의 강」)
일어서게 하는 것이다. 그 아버지의 물살은 오래된 강으

로만 존재한다. 아버지의 강에서 "푸른 물살"은 아버지를 기억하게 하는 것이며, 그 기억은 생성의 이미지로 다가오고 있다. 이미 기억 속에는 희미해지고 있는 아버지의 그늘이지만, 푸른 물살을 통해서 화자의 영혼을 철썩이게 하고, 반짝이게 하는 것이다. 나를 살아있게 하는 것은 강물의 푸른 물살이다. 시 「진달래」에서 화자는 봄날에 핀 진달래꽃을 보면서 설움을 느끼고 있다. 그가 보는 진달래꽃은 설움에 북받친 꽃이다. 진달래는 "아프면서 피는 꽃"이라고 한다. 봄날의 밝은 정서인데도 불구하고 그가 보는 꽃들은 선연한 설움이 있다. 진달래꽃은 "자취도 없이 스러지는 꽃"이기에 그것 자체가 설움일 뿐이라고 말한다. 이토록 그의 시는 슬프고 아련하지만, 그 속에서 가슴 저린 생명을 만나고 있다. 그의 시는 사랑과 이별을 통해서 새로운 세상을 만나고 있는 것이다.

5

이번 시집에서 유독 많이 나오는 소재들은 사색과 여유로움 속에 만나는 사물들이다. 앞의 나무와 숲길에서 만나는 시들도 그렇지만, 일상 속에서 만나는 많은 사물들도 또다른 사색의 공간을 만들어 간다. 곰소 마을을 지나면서 문득 그곳에 살고 있는 사람들의 "푸른빛" 애환을 읽어내기도 하고, 한 권의 시집을 받고서 그 시집

속에 들어있는 삶의 고통과 아픔을 느끼기도 한다. 어느 날 오래전에 불었던 단소를 꺼내어 불려고 하다고 소리가 나지 않는 사실을 알고는 "소통"의 중요성을 깨닫기도 한다. "오래된 의자"를 보면서 자신도 철제된 의자와 같이 "부동不動"의 모습이었으면 좋겠다고 생각하기도 한다.

이러한 일상의 삶에서도 많은 의미를 발견하지만, 무엇보다 그는 여행을 통해서 삶의 진정성을 깨닫는다. 여행은 떠나는 행위이고, 가지고 있는 것을 잠시 놓아두는 행위이다. 버리고 떠나는 것은 새로운 삶을 생각하는 일이기도 하다. 여행은 낯선 곳에 자신을 놓아둠으로써 자신의 일상을 다시 돌아보게 한다. 여행은 회귀回歸의 속성을 가지고 있다. 자신의 몸은 비록 낯선 곳으로 떠나지만, 자신을 되돌아보는 계기가 된다. 그래서 여행은 떠남과 돌아옴이라는 이중의 의미가 있는 것이다. 그에게 있어서 여행은 삶을 돌아보고 "적멸寂滅"을 깨닫는 과정이다.

아무와도 만나지 않겠다고
아무것도 탐하여 가지지 않겠다고
이 작은 산골로 기어들어와서
차운 방바닥과 몸 부비며 자리에 누웠는데
창을 흔드는 바람소리가 무겁고 기이하였다
오래 귀 기울여 깜빡하니 잠이 들었는가 싶은데

잠 속에서도 안주하지 못하고 이곳저곳
나는 기웃거리며 돌아다녔다
못 가본 살던 목조집과 비린내 나는 번잡한 시장터와
어릴 적 동무들과 뛰어다니던 골목이나 꽃핀 화원지
출렁이며 제 몸 흔드는 바다도 보고
참 오랜만에 신이 나서 그렇게 다니고 있었는데
아버지가 나를 부르는 소리가 들린다
그게 기어코 마당에 양철 세숫대야 뒹구는 소리로야
알았더라면 마음 두지 않았으련만
꿈속에서도 달려가 보니 거기
돌아가신 내 아버지와 삼촌도 고모도 할아버지도
모여 앉아 있는 것이다
반가운 마음에 발딱 잠이 깨어 곰곰 되짚어 생각하니
그게 나를 부른 것이었는지 나무라는 것이었는지
가슴만 콩당콩당 바다처럼 뛰어
옷 추슬려 밖을 나서니 스치는 매서운 바람에
뒷숲 길게 서있는 대나무들이 머리를 힘껏 흔들어
어둠의 청청한 별들을 쓸어내고 있는 것이다
　　　　　　　－「상동 작은 산골에서의 일박 1」 전문

　이 시는 연작의 형태로 쓴 시이다. 이번 시집에는 다
섯 편의 연작 중에서 세 번째 작품은 싣지 않았지만, 나
머지 네 편의 작품을 읽으면, 상동 작은 산골에서의 삶
이 정겹게, 그리고 깊게 다가온다. 정겹다는 것은 어린
시절의 추억을 떠올리고, 그 삶에서 인간의 정을 만날

수 있다는 것이고, 깊다는 것은 그 산골에서 삶에 대한 깊은 의미를 만날 수 있다는 것이다. 작은 산골 마을에서 하룻밤을 지내면서 연작의 형태로 몇 편의 시를 썼다는 사실이 흥미롭게 읽힐 것이다. 그것은 그만큼 그가 낯선 곳에 대한 체험을 오랫동안 갈망하고 있었다는 것을 말하고 있다. 그는 이곳에서 오래된 기억 속에 남아있는 사람들을 만난다. 그의 심층 속에 잠재해 있는 어린 시절의 기억과 그 기억 속에 남아있는 여러 사람들의 형상들이 자신을 둘러싸고 있다. 그들의 삶을 기억하고 있다는 것은 그 사람들에 대한 애정이 남아있다는 말이다.

또한 그는 정신의 날을 벼리기 위해 산골 마을을 찾았는데, 여전히 그는 현실의 문제로 아파하고 서러워한다. 마을과 떨어져 은둔하려고 해도 여전히 마음의 끝자락에는 현실의 아픔이 존재한다. 버리려고 하면 더 다가오는 것이 삶의 문제이다. 집착과 버림은 두 가지가 동시에 존재하면서도 따로 존재한다. 그래서 그는 산골에서 깊은 외로움을 느낀다. 모든 것을 버리고 떠나와서 호젓하게 살려고 했는데, 오히려 그 산골에서 느낀 적막과 외로움 때문에 그곳을 떠나려고 한다. 그것은 그의 내면에 떠남과 머무름이 동시에 존재하고 있다는 말이다. 떠나는 것은 영원한 떠남이 아니고, 머문다는 것은 영원한 머묾이 아니라는 것이다. 어쩌면 삶이란 끝없이 반복되는 일상만 존재하는지도 모를 일이다.

그래서 그는 어떤 일이든지 상대적인 것이 있다고 생각한다. 생고구마가 있으면 새까맣게 타버린 고구마가 있다. "겨울 콩새가 늦은 감나무 가지에서 울고" 갈 수도 있고, "겨울 햇살이 마른 나뭇잎 위에 들썩이게"도 할 수 있다. 지상의 모든 것은 하나로 귀결되는 법이 없다. 하나가 있으면 반드시 둘이 있고, 나가는 것이 있으면 들어오는 것이 있다. 그래서 삶은 끝없이 출렁이는 물결과도 같은 것이다. 하나는 영원한 하나가 아니요, 둘은 영원한 둘이 아니다. 하나가 둘이기도 하고, 둘이 하나이기도 하다.

뉴델리 거리는 델리에 비해 화려하고
우뚝한 건물이 환상적입니다
정돈된 도시에서도 어딜 가나 바자르는 떠들썩합니다
상인과 손님들이 뒤엉기고 말을 섞고
나처럼 괜한 사람들과 한결 여유로운 소들과
까막새와 개들이 만드는 혼잡한 풍경입니다
건물벽에 거울 하나 붙이고 면도를 해주는
이발사 바로 곁에서 음식을 만들어 파는
버뮤르간즈씨는 1인분에 5루피짜리 탈리를 만듭니다
짜파티 서너 장과 체트니 소스 두어 가지
하루 벌어들이는 돈은 3달러 정도입니다
아내와 다섯 자녀까지 일곱 가족이
단칸방에서 그의 일당으로 살고 있습니다
그는 음식값을 절대로 올리지 않습니다

남겨진 음식은 다른 목숨들의 연명을 위하여
한쪽에 가만 모아 둡니다
꼭 제사 지낸 뒤의 고시레 상차림과 비슷합니다
버뮤르간즈씨는
어린아이이건 어른이건 부유한 자이건 걸식자이건 길짐
승이건 날짐승이건
　모든 상대를 존중하면서
햇살 바른 곳에 앉아 손님을 기다립니다
음식값을 절대로 올리지 않습니다

소망이 뭐냐 물으면
그는 지금의 행복을 유지하는 것이라고 말합니다
　　　　　　　　　　　　－「뉴델리 바자르의 노점상」전문

　이 시는 그가 여행 중에서 어떤 삶의 의미를 발견하고
있는지를 잘 보여주고 있다. 이 시는 뉴델리 바자르
(Bazaar, 큰 시장)에서 탈리(thali, 인도식 정식요리)를 만들
어 파는 버뮤르간즈씨의 삶을 조명한 시이다. 세상 어디
에나 소외된 사람이 있고, 인도에서도 그런 삶이야 흔하
게 만날 수 있다. 그러나 이 시에서 우리가 주목해야 하
는 것은 버뮤르간즈씨의 소망이다. 그의 소망은 "지금의
행복을 유지하는 것"이다. "환상적이고 징돈된 도시"의
한 모퉁이에서 음식을 팔고 있는 소시민의 꿈은 지금의
행복을 유지하는 것이라고 하듯이 그는 큰 소망과 욕망
을 추구하는 것이 아니라, 작은 소망에서 삶의 진정한

의미를 발견하려고 한다. 시인 또한 이러한 소박한 삶을
지향하고 있다.

이것은 시 「내가 함께할 수 없는 문양」에서도 드러나고
있다. 이 시는 인도 타지마할에서 느낀 소외감을 형상화
한 시이다. 타지마할의 대리석 골을 따라서 자신을 찾으
려고 했지만, 그 길은 끝까지 찾을 수 없었다. 그는 인디
오 마을의 사람들과 만나면서 그들의 일상이 슬픈 공명
으로 번져가듯이 자신의 삶도 동시에 곤궁함에 빠져들
고 있다는 것을 깨닫는다. 이것은 슬픔과 기쁨을 함께하
려는 일종의 공명의식이라고 할 수 있다. 버려진 삶, 소
외된 삶, 가난한 삶과 함께하려는 공명의식은 그의 시에
서 발견할 수 있는 세상에 대한 깨달음이라 할 수 있다.

개망초 핀 새벽 들길
안개를 걷으며 나뭇잎들을 들뜨게 하면서
누가 걸어오나

속에서 쌓는 집착인 것이야
차마 너에게 보여주지 않으려고
개구리 긴 울음 끝에
살짝 매어달린

저, 이슬 한 알

- 「적멸寂滅」 전문

이 시는 새벽 들길을 걸으면서 개망초 꽃에 매달린 이슬방울을 보고 쓴 시이다. 이슬 한 방울은 삶의 집착이다. 이 한없는 집착의 과정을 보면서 그는 슬픔에 겨워한다. 적멸은 "불이 꺼지듯, 탐욕貪과 노여움瞋과 어리석음癡이 소멸된 열반의 상태를 말한다. 모든 번뇌가 남김없이 소멸하여 평온하게 된 열반의 상태이다. 모든 대립이나 차별을 떠난 상태이다."라고 말한다. 그는 새벽에 매달린 이슬방울을 보면서 삶의 무한한 적멸을 느끼고 있다. 그에게 있어서 삶이란 순간의 아름다움일 뿐이다. 시 「오후 세시의 신발공장」에 나오는 것처럼 세상에 초연하게 살아가는 것이다. 적멸은 짧은 순간에 사라지는 것이지만, 그 순간을 위해 최선을 다하는 것이다. 그가 발견한 세상의 깨달음은 부서진 희망만을 안고 살아가는 사람들이지만, 그곳에는 실낱같은 희망의 싹이 있는 곳이다. 따라서 사람들은 무료한 생활 때문에 고뇌할 필요까지 없다. 인간의 삶은 희망보다는 절망이 더 많은 자리를 차지한다. 그래서 "한동안 나는 깊은 잠"을 자고 싶은 것이다. 그는 세상에 대해서 도피하는 것이 아니라, 세상에 대해 초연한 자세를 취하고 있다. 시 「죄罪다」에서처럼 두 가지 중에 하나만을 선택할 수밖에 없는 것이 세상의 이치라 할 수 있다. 삶과 죽음, 절망과 희망과 같은 두 가지 상황만이 존재한다. 이 땅은 "종북이 아니면 반동이고 종북이면서 반동"인 것과 같다. 이것은 어쩌면 운명처럼 경계지워진 것이 우리의 삶이고 현실일 것이다. 사람은 두 가지의 운명 속에서 원죄原罪를 갖고 살아가는 것이다. 이러한 원죄의식에 대한 깨달음이야 말로 적멸로 가는 과정을 깨닫는 것이라고 할 수 있다. 그의 시편들에는 이러한 방황과 여정을 통한 적멸의 깨달음이 잘 드러나 있다.

6

박윤규의 이번 시집은 깊은 사색의 뜰을 거닐게 한다. 그것은 사물에 대한 인식과 그 인식을 통한 깨달음의 과정에 있다는 말이다. 그의 시를 읽으면서 '관음觀音'의 세 가지 방식을 엿볼 수 있었다. 그중의 하나는 자연의 관찰을 통해서 세상을 보는 것이고, 다음은 일상의 삶을 통해서 세상을 보는 것이고, 마지막 하나는 인간의 정서에 나타난 사랑과 이별을 통해서 세상을 보는 것이다. 자연 속에서 거닐면서 작은 생명의 가치를 발견하고, 그동안 소홀하게 생각했던 것들을 새롭게 인식하고 있다. 사람이 살아가는 일상의 삶도 그에게 많은 의미를 던져주고 있다. 그것은 일상의 새로운 발견이라 할 수 있다. 동아시아에서 말하는 도道란 항심恒心에 있다고 말하는데, 그의 시에서 이러한 인식을 만날 수 있다.

이러한 관음의 방법은 여정의 삶 속에서 삶의 진정성을 발견하게 된다. 그것은 불교적 사유를 바탕으로 하고 있으며, 적멸寂滅에 대한 깨달음으로 나아간다. 삶과 죽음, 희망과 절망 따위는 인간이 피해갈 수 없는 일들이지만, 그것도 한순간에 지나지 않는 일일 수 있다. 그것은 그 일을 어떻게 보는가에 따라 달라지는 일이라 할수 있다. 모든 것은 한순간에 일어나는 일이고, 그것은 또한 영원한 일이기도 하다. 화엄경에서 말하는 "일즉다 다즉일一卽多 多卽一"이란 모든 세상을 설명하는 원리이기도 한데, 박윤규의 이번 시집에서 이러한 화엄의 세상을 만날 수 있다. 한순간 찬란하게 빛났다가 사라지는 찰나의 발견이야말로 삶에 대한 깨달음이라 할 수 있다. 시가 순간의 미학이라고 말하는 까닭도 여기에 있을 터인데, 인생은 유한한 것 같지만, 사실은 무한하고, 무한한 것 같지만 한 찰나에 불과한 것이지 않을까? 그의 시집을 읽으면 허무와 절망, 고독과 방황 속에서 아름다운 순간을 만날 수 있다. 그것은 참으로 유쾌하고 즐거운 일이다.